Andreas Kollmann

ich. und du.

Eine Novelle.

neobooks

Der Text verwendet die alte Rechtschreibung.
Schrift: Times New Roman.

Verfasser

Andreas Kollmann, geboren 1960, aufgewachsen im Ruhrgebiet. Nach Grundwehrdienst von 1981 bis 1987 Studium in Trier und Freiburg i.Br. Danach Referendariat in Freiburg, dort auch Promotion über ein rechtsgeschichtliches Thema. Von 1991 an als Jurist in internationalen Unternehmen tätig. Seit Sommer 2021 Privatier. Lebt in Heidelberg.

Impressum

Verantwortlich
für den Inhalt: Andreas Kollmann,
Römerstraße 60
69115 Heidelberg
a_kollmann@t-online.de

Druck: neobooks – ein Service der Neopubli GmbH, Berlin

Kapitel

Thomas. Und die Studenten.

Er stand auf und ging aus der Sitzreihe heraus. Dann verließ er den Saal, obwohl der Professor seine Vorlesung noch nicht beendet hatte. Er hatte genug. Für heute. Einige Augen sahen ihm nach. Viele waren sowieso heute nicht im Hörsaal. Der Prof war bekannt für interessante Themen. Aber auch für schlechte Vorlesungen.

Er ging in die Cafeteria. Löste sich einen Kaffee am Automaten. Ein Tisch war noch frei, dort setzte er sich hin. Keine bekannten Gesichter heute hier. War aber auch kein Wunder. Denn er kannte so gut wie keine anderen Studenten. Das Semester, sein erstes Semester, hatte schon vor zwei Monaten begonnen. Genug Zeit, andere Studenten kennenzulernen. Aber irgendwie war er doch anders als die anderen. Als die meisten anderen. Es gab noch einige wie ihn, aber in diesem Studiengang nicht sehr viele. Seniorenstudenten heißen sie. Während bei Geschichte, Ägyptologie und Kunstgeschichte diese Alten die Hörsäle geradezu belagern und überbevölkern, war das in seinem Studienfach anders. Und er hatte auch gar keine Lust, sich auf andere Alte einzulassen. So alt war er ja nun auch noch nicht. 65 Jahre wohl, so würden die meisten ihn schätzen. Die, die ihn schätzten, wußten, daß er 68 war. Sein würde. Im Juli.

Einmal hatte ihn eine Ältere angequatscht. Am Ende der Vorlesung wollte sie ihn wohl auf einen Kaffee festhalten. Er war aber unwillig. Hörte gar nicht zu. Unhöflich wollte er eigentlich nicht sein, aber er *mußte* es. Notwehr. Oder so ähnlich. Er sah sie ein paar mal wieder – nicht.

Jetzt saß er allein an dem runden Tisch. Ein paar Stühle so sinnlos wie er. Am Nachbartisch drei Studenten. So Anfang 20. Er hatte sie noch nie gesehen. Wohl anderes Studienfach. Oder anderes Semester. Zwei Männer. Gibt es das. Männer mit Anfang 20. Sind doch Kinder. Und eine Frau. Ein Mädchen. Sie lachten. Ihn nervte es. Der Kaffee war inzwischen nicht nur trinkwarm, sondern trinkkalt. Zu heiß kam er aus der Maschine. Den richtigen Zeitpunkt fürs Trinken gab es hier nicht. Der Kaffee übersprang immer den genießbaren Temperaturbereich. Sublimation. Vom festen in den gasförmigen Zustand. Oder umgekehrt. Vom ungenießbaren in den ungenießbaren Zustand. Ohne Umweg über den genießbaren. Dafür war er aber billig. Und hatte eine schöne Farbe. Und einen schönen Geruch. Und keinen Geschmack auch.

Schon wieder lachte sie. Frau. Das. Mädchen. Er schaute hinüber. Strafend. Sie war ganz hübsch. Ungeschminkt. Natürlich. Sie lachte. Laut. Die Jungen hörten es. Verstanden es. Nicht. Erwiderten es. Sie freuten sich. An ihr. An ihrem Lachen.

Jetzt sah sie. Daß er sie sah. Sie sah ihn. Was will der Alte. Sie wandte sich wieder den Jungen zu. Irgendeine Hausarbeit machten sie wohl zusammen. Viel Papier lag auf dem Tisch. Unter den Pappbechern. Ränder hatten sie. Die Becher auf dem Papier. Es wurde wieder still. Am Nachbartisch. Der Kaffee floß über seinen Unterschenkel. Er wußte nicht, ob er zu heiß oder zu kalt war. Der Unterschenkel wußte es. Lorenz hatte ihn ausgekippt. Hat er nicht gewollt. Aber es war geschehen. Der andere Lorenz begriff am Schnellsten. Er nahm eine Papierserviette – es gibt hier keinen Mangel an nichts, vor allem nicht an Papierservietten. Die kann man vorne an der Theke, bei der man sein Tablett auf einer Ablage abstellen und mit dem Strom der Menschen weiterschieben kann, um es, d.h. die ausgewählten Getränke und Speisen, zu bezahlen, nehmen. Einfach nehmen. Georgia läßt das durch, sie schaut nicht so auf die Zahl der Servietten. Anders als Petra. Obwohl Petra auch nichts davon hat, daß weniger Servietten genommen werden. Mehr Servietten werden Petra auch nicht vom Gehalt abgezogen. Ist jedenfalls die allgemeine Meinung. Sagt man – und tupfte damit auf dem Ende seiner Hose. Nicht seiner, sondern von dessen. Die Sprache, die Menschen in der Sprache, verwechseln das. Meistens. Die Hand. Die von dem anderen Lorenz. Nicht.

Der Kaffee war jetzt kalt. So schnell geht das auf einer Hose. Schneller als anderswo. Wenn der Kaffee zu heiß ist, sollte er ihn über die Hose kippen. Dann ist er im Nu kalt. Aber geht nicht. Jetzt war er schon zu kalt – ihm war es unangenehm. Und der andere Lorenz tupfte immer noch, der richtige Lorenz hatte sich auch Servietten genommen. Um so zu erscheinen, als wolle er auch mal. Tupfen. Sie nicht. Sie wollte nicht so erscheinen. Sah zu. Wie er abgetupft wurde. Sein Hosenbein. Lachte. In das Hosenbein. Auf das Hosenbein.

„Heike". „Hermann – mit *einem* ‚r'". Hallo Hermann. Das ist Lorenz – und an Deinem Bein hängt der andere Lorenz. Niemand weiß, wie er heißt. Auch seine Mutter nicht. Sagt er. Und sie. – Thomas. Hermann vom Denkmal ist mein Nachname. Thomas Hermann. Komplett. Lorenz zögerte, sagte dann: Sie sind aber kein Studierender! Du. Ich bin es. Seniorenstudium. Für Alte, die meinen, noch was erleben zu sollen. Zu wollen. Oder so. Wir zahlen viel. Füttern Euch durch. Und zahlen den Kaffee, den ihr dann über uns schüttet.

Wollen Sie nicht Ihren Stuhl zu uns schieben? – Du! … Du? Ach. – Geographie macht ihr. Ist das jetzt schon ein echtes Studienfach? Ich dachte, das machen Sportlehrer nebenbei.

Und Du? Wenn keine Geographie, bleibt nur Mongolistik. Für Leute wie Dich. Mich? Kennst Du solche Leute wie mich? 27 Jahre habe ich gearbeitet. Dann war irgendwann Schluß. Eigentlich wollte ich noch länger machen, aber dann ergab es sich so. Ich wurde ergeben. Ergab mich. Die Kindereien hier gefallen mir. Es geht ein bißchen langsam zu. Aus dem Beruf heraus habe ich da noch einen gewissen Vorsprung. Bald nicht mehr. Das spüre ich schon. Jetzt. Dann muß ich sehen, ob ich weitermache. Denn so richtig studieren will ich eigentlich nicht. Will nur ein warmes Dach überm Kopf. Und eine Mahlzeit am Tag. Fast wie im Knast.

Zweites Semester. Habe im Sommersemester angefangen. Wie nur wenige. Die beiden Lorenzen sind schon im 3. Sind ordentlich und haben im Winter angefangen. Aber das merkt man kaum. Das mit Sommer und Winter. Und das mit 2. und 3. Semester. Und daß Männer sich angeblich besser orientieren können. Auf Landkarten und so.

Tut mir leid. Der Kaffee war keine Absicht. Ich w… Heike gerade etwas zeigen. Passiert mir manchmal. Aber auf Karten passiert mir das nicht. Kein Problem. Jetzt ist das Hosenbein schon fast wieder trocken. Und was macht Ihr genau? Sieht nach Hausarbeit aus. Oder? Gruppenarbeit. Zu meiner Zeit hieß es Gruppensex. Hat man aber nicht in der Cafeteria gemacht – und dann nicht auf dem Tisch. Eher drunter. Gruppenarbeit. Müssen wir am Freitag Mittag abgeben. Das meiste, was wir haben, ist das, was fehlt. Andere Gruppen liegen da besser. Wir haben uns in meinen ersten Wochen hier gefunden. Da war ich noch ganz frisch. Die Lorenzen wußten schon alles. Dachten sie. Ich auch. Und ich muß noch morgen und übermorgen in der Kneipe arbeiten. Geld und Trink verdienen. Das wird eng. Mit der Gruppenarbeit. Die beiden Lorenzen arbeiten nicht. Nie. Brauchen nicht.

Ich muß mal. Meine Aufseherin sucht sicherlich schon nach mir. Vielleicht sieht man sich. Hier. Ja. Vielleicht. Bis.

Sie saß schon wieder. Der andere Lorenz brachte jetzt alle Pappbecher weg, den Rest schüttete er aus. An der Theke. Der Tisch war jetzt sauber, keine Gefahr eines Pappbechers.

Heike trieb zur Eile. Die Lorenzen.

Zur ersten Vorlesung war er pünktlich. Heute war es anders. Nicht die Vorlesung. Seine Stimmung. Er ging wieder in die Cafeteria. Setzte sich nicht. Keiner da. Von den drei. Ging in die Bibliothek. Blieb dort mehrere

Stunden. Kein Essen. Abend. Zur ersten Vorlesung war er pünktlich. Irgendetwas war anders. Anders als anders. Er ging in die Cafeteria. Keiner da. Bibliothek. Freitag. Vorlesung. Keine. Auf dem Weg Richtung Cafeteria sah er Heike. Sie stand allein. Da. Gar nicht. Sie hatte auf Lorenz gewartet. Der auf dem Tö war. Jetzt stand er neben Heike. Der Lorenz. Und der andere Lorenz. Auch. Wo kam der jetzt her. Heike sah ihn. Als erste. Er ging zu ihnen. Thomas. Wie vor ein paar Tagen. Und vor einigen Jahren. Heike – Lorenz mal zwei. Hast Du keine Vorlesung. Ach, ja, gibt es bei Mongolistik ja auch nicht. Ihr seid doch nur 1 Student. Oder. Ich bin nur – 1. Ihr seid – 2 oder 3. Wir wollen uns draußen auf die Mauer setzen. Schönes Wetter. Nach dem Regen. Ist noch kalt, aber geht schon. In zwei Monaten ist schon echter Frühling. Spürt man schon heute.

Ich komm mit. Muß mich aber warm anziehen. Sonst kriege ich Ärger. Ärger als sonst. Und dann muß ich lange Unterhosen anziehen. Wie bei der Bundeswehr. Das kennt ihr ja schon lange nicht mehr. Unterhose. Und lange Bundeswehr.

Heike setzte sich als erste. Im Schneidersitz. Saß sie. Du erkältest Dich von unten. Frauen sind da doch besonders empfindlich. Dachte ich ja bloß. Zug und Kälte von unten. Oder der Seite. Oder oben. Oder sonstwoher. Ist immer ganz schlecht für Frauen. Lorenz setzte sich auf ein Buch. Warm war es so. Der andere Lorenz auch. Er stand, blickt auf sie. Sie saßen wie auf einer Hühnerleiter. Einen Pappbecher in der Hand. Sie hatten sich diesen in der Cafeteria geholt. Bei Petra – sie hatte mit Georgia getauscht. Normalerweise ist heute Georgia dran. Petra hat aber. So ist sie. Was macht Eure Gruppe. Ich meine: Eure Arbeit. Heute ist Freitag. Ihr müßtet abgeben. Ja, Papi. Haste Dir gut gemerkt. Leistungstest bestanden. Verblödungstest auch. Und, was ist Eure Lösung. Keine. Keine Lösung. Keine Gruppenarbeit. Keine Lösung. Aber Ihr müßt doch etwas abgeben. Oder braucht Ihr nicht. Doch, eigentlich schon. Aber Heike hätte. Hat sie aber nicht. Wegen der Kneipe. Das hat einfach zu lange gedauert, abends. Wenn ich nach Hause komme, ist es 1 Uhr. Und dann kann ich nicht schlafen. Und morgens dann für die Gruppe arbeiten, geht nicht. Ihr habt es aber gewußt. Daß ich arbeite, meine ich.

Er stand jetzt ganz gerade. Ich muß noch in eine Vorlesung. Vielleicht sehen wir uns ja mal wieder. Ja. Vielleicht.

Er dachte nicht mehr an Lorenz. Oder den anderen. Auch nicht mehr an Heike. Er hätte sie fast übersehen, wäre fast in sie hineingerannt. Konnte gerade noch. Heike. Herr… Thomas. Was macht Eure Arbeit. Was hat sie gemacht. Ärger. Nur Ärger. Und habt Ihr. Ja. Aber war ganz beschissen. Also durchgefallen. Keine Ahnung. Das wissen wir erst in drei oder vier Wochen. Ist so ein Gefühl. Auch von dem anderen Lorenz. Und von Lorenz. Wir haben einen Teil der Aufgabe nicht gelöst. Wegen der Kneipe. Aber immerhin. Wir haben abgegeben.

Lorenz ist in der Cafeteria. Kommst Du mit. Ja. Der andere Lorenz ist wahrscheinlich auch da. Seid Ihr eigentlich Zwillinge. Du meinst: Ich und Lorenz. Das wäre ne Herausforderung. Nein. Ich treffe Euch immer im Paket. Ja hat sich so ergeben. Und ich finde die beiden auch sehr in Ordnung. Und wir können gut zusammenarbeiten. Wenn wir es schaffen. Manchmal geht es ganz gut. Nicht so wie bei der Hausarbeit. Das gibt es auch.

Lorenz. Hallo Herr... Thomas. Der andere Lorenz: Tach. Ich muß heute abend wieder arbeiten. Sonst komme ich mit dem Geld nicht hin. Heike gibt für irgendetwas das viele Geld aus. Wir wissen nicht, wofür. Noch. Schminke und Klamotten sind es bei ihr jedenfalls nicht. Gott-sei-dank. Und Ihr beiden habt genug Geld. Genug. Wo gibt es das. Aber wir *müssen* nicht in die Kneipe. Wir gehen freiwillig. In die Kneipe. Werden bedient. Einmal in der Woche. Mehr geht nicht. Auch bei uns. Aber immerhin.

Wieso verdient Ihr dann nicht auch Geld. Extra. Wie Heike. Arbeiten. Ne, das kommt noch früh genug. Der andere Lorenz: Genau.

Hast Du genug Geld. Ja. Von der Arbeit. Früher. Von früher. Was hast Du denn gemacht. So genauer. Einfach schwer zu sagen. Schwer einfach. Gearbeitet. Arbeit gemacht. Gemachte Arbeit erledigt. In einem Büro. Na, das war ja jetzt konkret. Ganz extrem sogar.

Wenn ich Geld bräuchte, wüßte ich schon, wie. Wie ich es bekomme. Wie denn. Arbeiten. Ne, nix arbeiten. Was Anständiges!

Und. Was ist die Idee. Sag ich Euch doch nicht. Der andere Lorenz ging zur Theke. Wo Petra. Heute. Der

Pappbecher krümmte sich. Vor Schmerz. Vom heißen Kaffee. Die Finger auch. Die vom anderen Lorenz. Sie schafften es gerade noch zum Tisch. Dann platschte Kaffee über den Rand. Vom Becher. Auf die Unterlage. Auf dem Tisch. Ein Buch. Veröffentlichen. Wie. Ein Buch veröffentlichen. Was meinst Du damit. Hast Du ein Buch geschrieben. Ne, das ist nicht mein Ding. Aber veröffentlichen, das schon eher. Wie geht das denn. Den Guttenberg machen. Ja und nein. Was Älteres. Das habe ich bisher noch nicht gemacht. Aber wäre so eine Idee. Wie meinst Du das. Na, wo das Urheberrecht ausgelaufen ist. 70 Jahre nach dem Tod des Verfassers. Da muß man nur ein bißchen warten. Schon ist es rum. Deswegen siehst Du schon so etwas … ältlich aus. Wartest seit 70 Jahren auf die 70 Jahre. Nach dem Tod. Eines anderen.

Ne, besser man rechnet zurück. Aber was für ein Buch. Die Bibel. Die Abenteuer des Josefine Mutzenbacher. Ne, alles viel zu bekannt. Etwas weniger Bekanntes. Muß gut sein. Ein bißchen aufmotzen. In die heutige Sprache bringen. Merkt keiner. Wenn es gut ist.

Alles, was im 19. Jahrhundert geschrieben wurde. Die Sprache ist noch ziemlich so wie heute. Na, wie gestern. Und die Erkenntnisse sind heute auch nicht viel weiter. In einigen Bereichen. Zum Beispiel. Keine Ahnung. Geh in die Bibliothek. Nimm ein angeschimmeltes Buch aus dem Regal. Aus dem 19. Jahrhundert. Und lies vor. Heike. Und dem anderen Lorenz. Ne, die kennen das ja jetzt. Deinen Eltern. Zum Beispiel. Oder anderen Studenten. Ob die was merken. Mußt es natürlich gut machen, dann merkt es keiner.

Zum Beispiel Mommsen. Der ist heut noch relevant. Wo spielt der denn. In Madrid. Ne, nix Madrid. Kennt Ihr Mommsen nicht. Hat den Literaturnobelpreis bekommen. Ich dachte, der heißt Grass. Ist Mommsen auch schon tot. Ja, schon länger. Seine Arbeiten aber nicht. Hat der Gedichte geschrieben. Oder nen Roman, was man kennen kann. Nichts davon. War auch eigentlich kein Schriftsteller. Hat den Nobelpreis für sein Buch *Römische Geschichte* erhalten. Ach, ein Historiker. Eigentlich auch nicht. War Jurist. Das Werk hat er kurz nach 1850 veröffentlicht. Den Preis hat er aber erst 1902 oder so bekommen. Eben den Preis für Literatur. Weil er – und es – auch sprachlich toll war. Sogar Mark Twain war von Mommsen beeindruckt. Mark Twain, den kenn ich wenigstens. Was, da gab es den Nobelpreis schon. Ja. Bis heute. Und alle Welt wartet wieder auf die Bekanntgabe der neuen Preisträger. Für alles Unnütze: Literatur, Frieden und so. Früher wartete man jedenfalls auch auf den Preis für Literatur. Hat sich irgendwie geändert.

Und was hat Nobel … Mommsen mit uns zu tun. Gute Frage. Mommsen hat auch viele andere Bücher geschrieben. Heute noch aktuell. Unglaublich. Zum Beispiel *Römisches Staatsrecht und Römische Kaisergeschichte*. Werden heute noch aufgelegt. Ein bißchen ein Wiedererweckungsversuch. Aber keine Anekdotensammlung. Sondern wirklich noch hilfreich. Kleine Auflage, aber dennoch. Nicht nur für Experten. Aber nicht nur Mommsen. Bald darauf hat ein Ludwig Friedlaender *Darstellungen aus der Sittengeschichte Roms* veröffentlicht. War Altphilologe und Kulturhistoriker. Ach, Philosoph – wie Kant. Nein, Philologe. Kennt Ihr normale Studienfächer nicht mehr. Eure Lehrer waren doch auch Philologen. Oder habt Ihr das Abitur auf dem Markt gekauft.

Oder Wilhelm Grönbech mit *Kultur und Religion der Germanen*. Der war sehr gelehrt, hat über Indien, Griechenland in der Antike geschrieben. Und dann plötzlich auch über die Germanen. War Däne. Ist richtig eingeschlagen. Damals. Wann. Kurz nach 1900.

Geht es nicht ein bißchen aktueller. Ja. Es gibt einen französischen Nobelpreisträger, der ein Buch geschrieben hat: *In hundert Jahren. Zukunftsstudie*. Er hat es natürlich auf Französisch geschrieben. Denke ich. Ein Roman etwa. Keine Ahnung. Aber ich glaube nicht. Es war wohl wirklich eine ernsthafte Studie. Er ist auch schon viel früher in seinem Fachgebiet durch systematische Studien aufgefallen. Als Schriftsteller. Nein, er war Mediziner, hat den Nobelpreis für Medizin erhalten. 1913. Seine medizinischen Studien lagen aber noch im 19. Jahrhundert. Und was ist jetzt so besonders an diesem Buch. Wenn Du es noch nicht einmal kennst. Ja. Stimmt. Ich weiß nicht einmal, ob es eine französische Originalfassung als Buch gibt. Habe ich bisher noch nicht gefunden. Aber er war kein bloßer Mediziner, hat beispielsweise ein Buch mit dem Titel *Der Mensch ist dumm. Satirische Bilder aus der Geschichte der menschlichen Dummheiten* geschrieben. Das ist auch auf Deutsch erschienen. Das verstehe wer will. Du kennst die Bücher, aber es gibt sie nicht. Richtig? Was die Zukunftsstudie angeht. Stimmt. Woher kennst Du es dann. Komisch, nicht. Ich habe es in einem Taschenbuch aus den 1920er Jahren als Ankündigung gesehen. Na, aber dann gibt es das doch! Wozu also der Zauber. Verstehe. Das Taschenbuch hat eine etwas – sagen wir: – bedingte Ankündigung enthalten. Was soll das. Wart ab. Dort stand: *Verlag noch unentschieden (Bereits gedruckt).* Mußt Du uns mit Deinen Merkwürdigkeiten nerven. Geh doch zur Polizei, wenn Du ein Buch vermißt. Hat man Dir bestimmt geklaut.

Versteht Ihr. Das ist doch ne echte Herausforderung. Niemand weiß, ob es das Buch gibt. Das ist keine Hausarbeit über den Verlauf der deutschen Mittelgebirge. Und wie sie wieder zurückfanden. Das ist etwas Echtes. Laß andere sich darum kümmern. Wir haben unser eigenes Ding. Habe ich schon versucht. Habe schon Verlage darauf hingewiesen. Aber bislang ist keiner darauf angesprungen. Vermutlich ist denen das zu aufwendig. Und warum sollen wir uns dann darum kümmern? Ich sollt gar nicht. *Ich* will. Und dachte, daß Ihr vielleicht auch Interesse … Dachte nur. Aber vorhin hast Du uns die Ohren vollgejammert mit Büchern aus dem 19. Jahrhundert. War doch nichts? Vorhin war Euch das 19. Jahrhundert zu alt. Aber. Beim nächsten Mal zeige ich Euch was. Weiß noch nicht, was. Aber. Bestimmt.

Heike stand auf. Stand. Bis morgen. Ja.

Er ging zum Parkplatz. Sein Auto stand dort. Fuhr los. Wohin.

Lorenz hatte nichts vor. Ging in die Bibliothek. In dieser Abteilung war er zuvor noch gar nicht gewesen. Waren nur alte Schinken. Alter Einband. Alter Inhalt. Wollte die Schrift auf dem Rücken lesen. Hingebrochene Schrift. Er konnte nicht. Nahm das Buch aus dem Regal. Öffnete es. Legte sich eine Seite vor. Er konnte es immer noch nicht lesen. Immer noch gebrochen. Egal.

Vorlesung. Keine Vorlesung. Cafeteria. Heute war es seltsam leer. Und ruhig. Das bewirkte bei ihm das Gegenteil. Unruhig. Sah er nach den Studenten. Die kamen. Und nicht kamen.

Erbsensuppe mit einem Brötchen. Gab es. Dazu. Schmeckte ihm heute. Sonst nie. Lorenz schlenderte Richtung Cafeteria. Zielgerichteter Gang ohne Ziel. Er sah ihn. Erst sehr spät. Lorenz sagte es ihm. Merkwürdige Schrift. Unlesbar. Ach, so, wußte nicht. Daß man Euch das erst erklären muß. Ist nicht unlesbar. Aber man muß es können. Sonst kann man nicht. Wie wollt Ihr studieren, wenn Ihr diese Schrift nicht mal lesen könnt? Alles vor 1930 oder 1940. Ach, so, ne Nazi-Schrift. Ne, alte Schrift. Gotische. Sog. deutsche Schrift. Gotisch ist für Euch was anderes. Schwarz anziehen. Oder so. Du hast doch keine Ahnung. Brauch ich auch nicht. Hab Ahnung hinter mir.

Um die Schrift zu lesen. Muß man die Schrift lesen können. Geht schon. Braucht Ihr auch. Auch in Geographie. Schedels Weltchronik. Von 1493. Damals gedruckt. Da führt kein Weg an der Schrift vorbei.

Wofür brauch ich die Weltchronik vom alten Schädel? Ist nicht examensrelevant. Wofür überhaupt was? Was.

Heike. Worüber? Diese blöde Schrift. Unlesbar. Unleserlich. Schnapsidee. Weiß gar nicht, wie so eine Schrift aussieht. – Ich muß los.

Vorlesung. Essen. Bibliothek. Nacht. Vorlesung. Unterm Vordach. Der Regen hatte gerade aufgehört. Aufzuhören. Der andere Lorenz. Hallo. Hallo. Ja, mir auch. Liegt am Wetter. Wahrscheinlich. Morgen.

Er war unzufrieden. Saß im Auto und bewegte das Lenkrad. Trocken. Im Regen. Keinen Schritt. Die Reifen standen noch auf derselben Stelle wie am Morgen. Hatten sichs gut gemerkt. Er ärgerte sich, daß die anderen nicht verstanden. Warum? Er beschloß, nächste Woche ein Buch mitzubringen. Und es ihnen zu zeigen. Wie man liest. Buchstabe für Buchstabe. Er schloß den Wagen. Stellte den Motor. Ab. In die Uni. Zurück. Die Frau in der Bibliothek war noch da. War noch. Unverheiratet. Nur Bücher. So blaß. So staubig. Er ging zu dem Bereich, wo die alten Schinken hingen. Und standen. Abteilung Wirtschaftsgeschichte. Er hatte früher häufig solche Bücher in der Hand gehalten. Schon beruflich. War lange her. Fand er. Seine Finger öffneten das Buch. Es war lange nicht mehr gelesen worden. Vielleicht nie. So. Richtig. Eine Hand nahm sich ein anderes Buch. *Gesellschafts- und Wirtschaftsgeschichte. Der hellenistischen Welt.* Dickes Ding. Legte das Ding. Zurück.

Er war unzufrieden. Stöberte weiter. Die Hände waren. Ungeduldig. Wie er. Heute. Die Finger glitten. Über die Buchrücken. Er ging durch die Reihen. Und fand. Nichts. Dann sahen seine Hände. Etwas. Was auch Heike. Und Lorenz. Und auch den anderen Lorenz. *Geographie der Griechen und Römer. Aus ihren Schriften dargestellt. Von Konrad Mannert. 1788. Nürnberg*. Er war zufrieden. Zunächst. Aber hatte das Buch heute noch Bedeutung? Oder war es reine Vergangenheit. Er konnte es nicht beurteilen. Er fragte Bekannte, die sich mit den ollen Römern auskannten. Und Griechen. Und so. Es schien. Daß es noch Bedeutung hatte. So ein bißchen. Keine reine Vergangenheit. Er beschloß beim nächsten Mal. Es auszuleihen. Tat es.

Nach dem Wochenende. Thomas holte eine Plastiktüte aus seinem Mantel, als sie in der Cafeteria saßen. Draußen war es zu kalt. Wieder. Kein Anwehen von Frühling. Von Winter mehr. Der andere Lorenz wurde neugierig. Ist das das Buch, das wie von heute ist? Angeblich. Ja, so ähnlich.

Ich habe das Buch aus dem Regal genommen. Alter Schinken. Zwei Leseproben. Waren gar nicht so komisch. Hätte man für heute halten können. Was ist es denn? Er legte es auf den Tisch. Den Titel. Obenauf. Neben die Pappbecher. Und die Ringe. Von Kaffee. Und Krümmel. Von Brot.

M. Konrad Mannert: Geographie der Griechen und Römer, aus ihren Schriften dargestellt. Nürnberg 1788.

Ich dachte. Daß es Euch näher liegt. Als Römische Geschichte. Oder so. Hat aber damit zu tun. Ist von 1788. Das ist ja auch in Nazi-Schrift. Ja, hat Hitler persönlich geschrieben. 1788. Willst Du uns. Ja. Diese Schrift ist ziemlich alt. Noch vor 1900. Seit fast tausend Jahren. Hat sich weiterentwickelt. Wie alles. Weit vor Hitler. Ach, ne. Dann ist es harmlos? Mein Vater hat gesagt. Daß auch vor 1930 schon moderne Schrift verwendet wurde. In Büchern und so. Dann ist diese Schrift hier also doch Nazi. Haben die Nazis wieder ausgegraben. Ja. Nein. Vor 1930. Ja. Hat auch da schon Leute gegeben. In Deutschland. Die experimentiert haben. Die die olle Schrift, die deutsche, nicht mehr wollten. Etwa die Veröffentlichungen des Bauhauses. Auch welche. Die auch die Schreibweise verändert haben. Kleinschreibung. Und so. Der Dichter Stefan George. Zum Beispiel. Nur Bücher mit Kleinschreibung. Und in Antiqua. Oder anderen Schriften, aber nicht gebrochen. Auch neue Schriften. Waren Ausnahmen. Das Meiste bis 1941 war: in deutscher Schrift. Sogar eine Zeitschrift. Die das nicht erwarten ließ. *Die Revolution*. War um 1914 in gebrochener Schrift erschienen. Also vieles. In gebrochener Schrift.

Wieso 1941. War da der Krieg vorbei, Kapitulation. Was, keine Geschichte. Keinen Unterricht gehabt. Er erregte sich. Nein. 1945 war der Krieg zu Ende. 1941 ist ein anderes Datum. Da hat Hitler einen Erlaß veröffentlicht. Erlaß. Er-lassen. Daß die gebrochene Schrift „*Juden-Schwabacher*“ sei. Künftig. Fürderhin. Nur noch Antiqua. Das ist doch Unsinn. Hat Hitler nie getan. Der war doch so was von deutsch. Und zurück. Und alt. Ja. Das war eine Kehrtwende. 180 Grad. Ist ein Rätsel geblieben. Wie ein Kabarettist sagte: Hitler wollte ein vereinigtes Europa. Unter seiner Herrschaft. Dafür war die gebrochene Schrift. Deutsche Schrift ungeeignet. Er wollte Vereinheitlichung. Für alle. Daher wohl der Schritt. Glaub ich nicht. Doch. Nicht nur Erlaß. Wurde auch umgesetzt. Ich habe ein Buch. Von Alfred Rosenberg. Heute würde man ihn Chefideologen des Dritten Reichs nennen. *Mythus des XX. Jahrhunderts*. Von 1943. Ist in moderner Antiqua. Anders als frühere Auflagen. Ist Folge des Hitler-Erlasses. Wenn Du ein Buch von dem hast. Bist Du auch Nazi. Ich habe auch Bücher von Marx und die Bibel. Und den Koran. Bin ich dann wenigstens marxistischer christo-islamischer Nazi?

Ich dachte. So ein paar Semester würden Euch helfen. Nicht so klein zu denken. Eher im Großen. Und Ganzen. War aber nix. Scheints.

Sie kamen zurück auf die Schrift. Was für ein unwichtiges Zeug. Nicht Inhalt. Nur Formalkram. Wen interessiert das. Formen waren über Jahrhunderte wichtiger als Inhalte. Das könnt Ihr Euch gar nicht mehr vorstellen. Das gibt es aber auch heute manchmal. Z.B. im Recht. Oder auch in der Kirche. Stimmt.

Heike schaute auf. Zum anderen Lorenz. Der saß wieder. Mit krummem Rücken. Auf dem Stuhl. Gebeugt. Nach vorne. Und hinten. Lorenz hörte zu. Nicht dem anderen, der mit dem Stuhl auf dem Boden Geräusche machte. Sondern ihm. Mit Verwunderung. Und Widerstand. Aber auch mit. Interesse. Heike schwieg. Hatte geschwiegen.

Die ganze Zeit. Sie wußte nicht. Was sie davon halten sollte. Wollte er Ihnen etwas unterjubeln. War er. Ein Nazi. Oder so. Sah nicht danach aus. Aber das sind die Schlimmsten. Sagt man. Immer.

1788. Sagte er. Das Buch hier ist von 1788. Das ist lange zurück. Lange vor den Nazis. Ist sogar nicht einmal 19. Jahrhundert. Als der Rassismus. Und der Antisemitismus. Geboren wurden. Sagt man. Also vor der Geburt. Von Rassismus. So grob. Gab es natürlich auch davor. Schon immer. Antisemitismus zum Beispiel. Auch schon im Mittelalter. Das war vor 1900. Übrigens. Vor 1500. Sogar.

Und. Was sagt Ihr. Der Text klingt doch ganz normal. Finde ich. Ja. Die Schreibweise ist anders. Zum Teil. Zum Beispiel „seyn". Aber das kann man modernisieren. Beim Abschreiben. Beim Vorlesen spielt es sowieso keine Rolle. Stimmt.

Bestimmt. Und was soll das jetzt. Was willst Du damit machen. Wir könnten doch.

Blöde Idee! Wo ist da die Geschäftsidee? Was – solche Ausdrücke kennst Du? Hast Du mal den Wirtschaftsteil in der FAZ gelesen? Sogar den Wetterbericht! Also: Geschäftsidee? Geschäft ist es weniger, aber vielleicht doch. Auch. Man kann aber zeigen, wie aktuell die Vorlagen aus der alten Zeit heute noch sind. Und vielleicht auch ein bißchen Geld bekommen. 10 %. Sagt man. Vom Umsatz. Wenn es funktioniert. Ja. Und wenn es keiner merkt. Ja.

Dann ist es Betrug. Oder so. Wirklich? Hätte ich nicht gedacht. Ich finde es schön, kann kein Betrug sein. Also.

Sie sahen sich einige Tage nicht. Wochenende. Montag. Dienstag. Mittwoch. Er ging zur Cafeteria. Dort traf er den anderen Lorenz. Der hatte ein Brötchen. Im Mund. Halb. Hallo Lorenz. „Thomas“. Mit vollem Mund. Vorlesung. Seit zwei Minuten. Nachher komme ich in die Cafeteria. Heike auch. Lorenz auch. Soweit ich weiß. Gut. Dann zeige ich Euch was.

Heike saß ungeduldig. Auf dem Stuhl. Das hatte er bisher noch nicht gesehen. Was hatte Heike? Lorenz. War da was. Oder nichts. Lorenz kaute. Am Kaffee. Am Becher. Am Papp. Der andere Lorenz war nicht da. War da. Habt Ihr was zu Eurer Hausarbeit erfahren? Sieht aus wie Beerdigungskaffee. Nur Streuselkuchen fehlt. Und Bienenstich. Ne, erst in zwei Wochen. Oder so. Kann ich einen Kaffee ausgeben. Lorenz, Du auch? Er kam zurück. Mit dem Tablett. Von Georgia. Heute. Und vier Kaffeepappbechern. Und Kaffee. Bechern. Und Apfelkuchen. Zwei für alle. Das reicht. Muß. Zur Feier des Tages.

Was für eine Feier. Was für ein Anlaß? Kein. Es gibt keinen. Ich wollte nur etwas Nettes machen. Traut man mir nicht zu. Weiß ich.

Der andere Lorenz. Das Deckblatt von Mannert. Wie. Von Mannert? Das Du beim letzten Mal gezeigt hast. Was ist damit. Da stand „M. Konrad Mannert“. Wofür steht das „M“. Martin. Quatsch. Ist in anderer Schrift gesetzt. Nicht gebrochene, sondern. Sozusagen Arial. Quatsch, Arial ist neumodische Computerschrift. Ist bei Mannert in Antiqua geschrieben. Warum? Warum. Weil es einen lateinischen Ausdruck abbildet. Deutsche Begriffe und Texte sind gebrochen. Lateinische Wörter in Antiqua. Gedruckt. Hat man seit dem Beginn des Buchdrucks so gemacht. Also ab 1450 oder so. War also auch schon kurz vor 1900.

Warum Antiqua? Weil das die Schrift war, die schon die ollen Römer nutzten. So ähnlich jedenfalls. In Großbuchstaben. Wenn man römische Grabinschriften liest oder römische Säulen oder so sieht, ist das ganz einfach. Die gebrochene Schrift ist da schon sehr viel schwieriger zu lesen.

Und wofür? Wofür steht M? Weiß nicht. Ich denke. Für Magister. Dort steht *Lehrer an der Schule St. Sebald Nürnberg*. Lehrer ist Magister. Oder so. Im 18. und vor allem im 19. Jahrhundert waren viele Lehrer fleißig. So was kann man sich heute gar nicht mehr vorstellen. Ein Lehrer, der wissenschaftlich tätig ist. Nebenbei. Und es mit einem Prof durchaus aufnehmen kann. Das war nicht nur Mannert. Im 19. Jahrhundert wimmelte es nur von Gymnasialprofessoren, die ihr Leben der Wissenschaft widmeten. Das lebt häufig noch heute nach. Etwa der Pauly. *Paulys Real Encyclopädie der classischen Altertumswissenschaft.* Den Neuen Pauly gibt es auch heute. Wieder. Als Enzyklopädie der Antike. In 15 Bänden. Oder so. August Friedrich Pauly. Ab 1822 war er Rektor der Lateinschule in Biberach, dann sog. Gymnasialprofessor in Heilbronn. Und bis zu seinem Tod am Gymnasium in Stuttgart. Sind aber schlimme Dinge, die er getan hat.

Denn diese Lebensdaten erfährt man in der deutschen Wikipedia nicht. Nur in der englischen.

Oder Franz Ludwig Carl Friedrich Passow. Kurz Franz. Also Franz Passow. Er war zunächst auch Gymnasiallehrer bei Danzig. Danach hat er es zum ordentlichen Prof gebracht. Wie man so sagte. Sein großes Werk ist das *Handwörterbuch der griechischen Sprache*. Das auch heute auf Basis der Fassung von 1847 fortgeführt wird. Der Passow war sogar Grundlage für ein englisch-griechisches Lexikon. Während wir heute wie das Kaninchen vor der Schlange in die umgekehrte Richtung starren.

Ja. Gut. Aber was soll das Ganze. Die Lehrer heute sind nicht mehr so wie früher. Hätte ich mir fast gedacht. Irgendwie nicht bahnbrechend. Was willst Du von uns. Nichts. Eigentlich nichts. Ich dachte nur. Daß wir vielleicht gemeinsam. Ein Ding drehen können. Legal. Wie gesehen. Die 70 Jahre vom Urheberrecht sind ja in allen Fällen rum. Zusammen. Das bis zur Veröffentlichung bringen. Und was haben wir davon. Da kriegen wir kein Geld. Auch Heike. Nicht. Also. Wozu. Stellt Euch vor. Wir würden das schaffen. Bei Charles Richet. Das ist der Nobelpreisträger für Medizin mit seinem verschollenen Buch. Das Buch finden. Und ausgraben. Und veröffentlichen. Es hat schon mal so was Ähnliches gegeben. *Die Welt in 100 Jahren.* Wurde 1909 und 1910 geschrieben. Ein gewisser Arthur Brehmer hat damals Mitautoren gefunden. Sollte zeigen, wie die Zukunft aussieht. 100 Jahre später wurde es wieder veröffentlicht. 2010. Wurde ein Schlager. Das Buch war aber auch vorher bekannt. Der Richet wäre es nicht. Soweit ich weiß. Das wäre ein noch größeres Ding. Vor allem wenn wir herausfinden, was der Inhalt. Daß der Inhalt wirklich zukunftsweisend war. Ist. Könnte man ja jetzt beurteilen.

Fühlt Ihr nicht. Daß das ein Ding wär.

Oder wir machen den Mannert. Wär auch ein interessantes Ding. 1788 – wie heute. Mein ich. Heike. Du. Schweigst. Die ganze Zeit. Nerv ich Euch damit. Dich?

Ich muß arbeiten. Heute. Kneipe. Bedienen. Fertig. Tschüß.

Sie sahen sich länger nicht. Vor allem. Heike. Lorenz. Anders der andere Lorenz. Ihn traf er manchmal. Auf der Treppe, auf dem Gang. Wenn er ging, wenn er kam. Eile. Kein Gespräch. Nur kurz. Hallo. Ja. Bald. Mal sehen. Vielleicht. Denke auch. Ja.

Seid Ihr verärgert. Fragte er sich. Niemand da. Er war für zwei Wochen weg. Urlaub. Erholung. Nein. Kam wieder. Wußte nicht. Ob sie. Oder nicht. Hatte ein Gefühl. Komisch.

Er fühlte sich schlecht. Warum. Er wußte es nicht. Konnte es ahnen. Konnte es sehen. Wenn er. In den Spiegel schaute. Morgens. Abends. Nie. Wollte nicht. War 68. Oder so. Wußte es selbst. Nicht. Mehr. Wie alt. War Heike. So 20. oder 21. Oder so. Das geht nicht. Paßt nicht. Passiert nicht. Nie. Doch. Immer. Wieder. Nicht ihm. Bestimmt nicht. Heike. Nein. Das Leben. Er. 68. Oder so. Im Juli.

Er ging wieder in die Bibliothek. Nach der Vorlesung morgens. Um 9. Um 9.15. Uhr. Alles so fremd. Er sah die anderen. Alten. Senioren. Studenten. Sah sich. Dabei zu. Hörte. Wie er nicht hörte. Wie er. Nichts tat. War abwesend. War dabei. Abwesend zu sein. Dachte an danach. Die Cafeteria. Die Bibliothek. Die Blasse. Unter den Büchern. Seine Hand streifte. In Gedanken sie. Heike. Die Blasse. Er wußte. Es nicht.

Seine Zeiten waren fest vorgegeben. Von ihm. Nach der Vorlesung. Meistens bis 11. Und einem Kaffee. In der Cafeteria. Und einem Brötchen. Oder einer Suppe. Saß er. Bis um 6. Oder auch 9. Oder 10. Wenn es lang wurde. Zwischen den Büchern. Die Blasse führte. Ihr Regiment hier. Allein. Er las nun schon seit zwei Stunden. Einen langen Artikel. Nicht sehr interessant. Aber wichtig. Verstand nicht alles. War wohl schon zu lang her. Las wieder. Von neuem. Besser. Ein bißchen. Verstand mehr. Verstand. Aber nicht alles. War. Angestrengt. Sie legte ihre Hand. Auf seinen Oberarm. Er erschrak. Spürte. Daß es kein Mann war. War dafür. Zu weich. Hatte er wieder eine Karteikarte nicht ausgefüllt. Er erschrak. Zuckte zusammen. Wandte sich zur Seite. Der Hand. Zu. Die auf ihm lag. Gelegen hatte. Jetzt nicht mehr. War zu-rück-ge-nommen. Zurückgezogen. Widerrufen. Sofort. War. Heike. Du. Ja. Was. War zufällig. Hier. Mußte ein Buch. Aber nicht hier. Und Du. Ich sitze immer. Hier. Bis zum Abend. Will ja doch. Ein bißchen mithalten. Mit den jungen Leuten. Die Entscheidung über das Weiter. Weiter herausschieben. Sonst ist man sehr schnell. Abgehängt. Ja. Das ist gut. Wieso. Damit Du. Noch länger dabei bist. Wir. Lorenz.

Der andere Lorenz. Ich auch. Freuen uns. Daß Du dabei. Bist. Bleibst. Wir haben Dich. Länger nicht gesehen. Was ist. Mit Dir. Ich weiß nicht. Dachte. Daß es besser ist. Wenn ich Euch nicht weiter. Nerve. Verstehe auch, daß Du. Und Lorenz. Und auch der andere. Daß Ihr. Andere Dinge wollt. Macht. Vorhabt. Kneipe. Bedienen. Lassen. Arbeiten. Leben. Ja. Aber so viel anders. Ist es bei uns gar nicht. Auch wir müssen lange arbeiten. Um dabei zu bleiben. Dir hilft die Erfahrung. Uns vielleicht die Jugend.

Vielleicht sehen wir uns. Wieder. Morgen. Oder in den nächsten Tagen. Ja. Vielleicht. Mal sehen. Wie es kommt. Würde mich. Freut mich auch. Sehr. Also. Bis dann.

Sein Auto wollte nicht anspringen. Der Motor würgte. In sich herum. Der Anlasser wollte. Anschieben. Er fuhr. Nicht. Direkt nach Hause. Wußte er nicht. So herum. Er hielt. Vor einer Kneipe. Es war nicht Heikes Kneipe. Das wußte. Er. Stieg aus. Die Kneipe war. Leer. Ging zur Theke. Ein paar standen herum. Männer. Stamm. Kunden. Es gefiel ihm. Nicht. Dennoch. Er bestellte ein Bier. Er hatte schon länger keines mehr getrunken. Schmeckte ihm. Sein Kopf war leer. Er bestellte ein zweites. Bier kam. Was will ich. Sagte. Fragte. Er sich. Er wußte keine Antwort. Bezahlte. Beide Biere. Ging. Stieg ein. Im Auto. Fuhr er. Stieg aus. Spürte den Alkohol. War ungewohnt. Ging ins Bett. Allein. Wie immer. Er war allein. Seit Jahren. Seine Frau. War gestorben. Vor 12 Jahren. Seitdem lebte er. Allein. Die Arbeit. Hatte ihn mitgenommen. In Anspruch. Füllte ihn. Aus. Er vermißte. Nichts. Wenig. Alles. Jetzt spürte er. Alles. Er schlief ein. Schnell. Gut. Tief. Satt. Bis zum Morgen. Frühstück. Kein Brot. Aber Kaffee. Das genügt. Ging zur Vorlesung. Warum. Wußte es nicht. Gehörte dazu. Wie jeden Morgen. Montags bis freitags. Wenn kein Feiertag war. Und keine Semesterferien. Aber die hatte er noch nicht erlebt. Seinen Urlaub hatte er doch schon. Im Semester genommen.

Im Grunde. Ist das Leben als Student. So wie Arbeit. Nur an einer anderen Stelle.

Das Auto stellte er heute woanders ab. Der Parkplatz war voll. Er wußte nicht. Warum. Er ging den längeren Weg. Zur Fuß zur Uni. Er meinte. Daß ihm dies guttäte. Er sah den anderen Lorenz. Heute wieder. War schon länger her. Länger als bei Heike. Er freute sich. Den anderen zu sehen. Er kannte nicht viele Studenten. Seit Anfang an. Wollte es. Auch nicht. Die er kannte. Genügten ihm. Das war wenig. Wenig genug. Wollte er.

Habt Ihr eigentlich inzwischen das Ergebnis der Gruppenarbeit. Ja. Bestanden. Aber schlecht. Daher haben wir. Dazu nichts gesagt. Gratuliere. Ist doch nicht schlecht. Hauptsache bestanden. Oder. Nein. Ist schlecht. Lorenz wollte sich für ein Stipendium bewerben. Dafür wäre eine bessere Note erforderlich gewesen.

Ich dachte. Geld braucht Ihr nicht. Na. Ganz so ist es nicht. Lorenz hat auf das Stipendium gebaut. Das war eine Enttäuschung. Das Ergebnis. Für ihn. Für Heike. Vielleicht auch. Für mich ist es so in Ordnung. Kann ganz gut leben. Damit. Und auch ohne. Dann auf Wiedersehen. In der Cafeteria. Ja. Vielleicht. Übrigens. Ich werde Euch nicht weiter nerven. Mit meinem Thema. Mit dem Buch. Der Neuauflage. Und so. Kein Problem. Macht nichts. Ist ja auch nicht ganz. Uninteressant. Bin mir nicht so sicher. Was wir da machen sollen. Ich habe mit Heike. Und auch Lorenz. Noch nicht gesprochen. Weiß nicht. Was die denken.

Also dann.

Es kamen die Semesterferien. Er freute sich. Nicht. Wußte. Nicht. Wie es gehen wird. Keine Vorlesung. Die ihm keinen Spaß machte. Aber immerhin. Abwechslung war. Ein fester Punkt. Am Morgen. Der fehlte. Jetzt. Er ging später. Fuhr später. Zur Uni. Der Parkplatz war leer. Auch später. Die Cafeteria war leer. Auch die Bibliothek. Nur die Blasse war da. Wie immer. Er ging abends. Fuhr. Kam zurück. Am anderen Morgen. Ging. Fuhr. Kam.

Er ging. Wenn er abends nach Hause kam. Auf den Spuren von Charles Richet. Er wollte es wissen. Auch wenn die anderen drei nicht dabei waren. Nicht mitmachten. Es mußte doch möglich sein, die Buchfassung zu finden. Die angekündigt war. Schon gedruckt. In hunderten von Exemplaren. Wohl. Auf Deutsch. Vermutlich. Im Internet fand er keinen Hinweis. Auch nicht auf eine französische Originalfassung. Richet hatte in dieser Zeit wenig veröffentlicht. Das war nach dem Nobelpreis. 1913. Die Anzeige in dem Taschenbuch. Er wußte nicht genau. Vermutete das Jahr 1920. Oder 1922. Das Buch sollte im *Verlag Litfass Erben*, Berlin erscheinen. Erschienen sein. Wenn es denn erschien. Erschienen ist. Von dem Verlag fehlte jede Spur. Was war daraus geworden. Bücher des Verlags fand man genug. Im Internet. Alte Ausgaben. Vor allem *Alt Heidelberg. Auswahl der beliebtesten Studenten-, Soldaten- und Volkslieder Deutschlands nach Wort und Ton-weise aus Vergangenheit und Gegenwart* – und auch *Walther Rathenau. Seine Gedanken und Entwürfe zu einer Wirtschaftsorganisation auf philosophischer und nationalökonomischer Grundlage nebst einer Blütenlese der fundamentalsten Thesen aus seinen gesamten Schriften. Von Prof. Dr. Gaston Raphael* – jenes Buch, in welchem er die Anzeige und den Hinweis gefunden hatte. Auch andere Bücher.

Aber nach 1930 verliert sich die Spur des Verlags irgendwie. Wie dann. Ein Exemplar. Finden. Wenn es das gar nicht gab. Gab es das. Nicht.

Er fand. Nichts dabei. Alle seine Bemühungen endeten. Versandten. Im Sand. Ein Buch, das es gab. Aber nicht gab. Sollte es das geben. Ja. Vielleicht wird ja. Ja. Vielleicht.

Thomas. Und Lorenz.

Die halben Semesterferien hatte er weitgehend mit der Suche nach dem Buch verbracht. Den Rest verbrachte er wieder an seinem gewohnten Platz. In der Bibliothek. Sein üblicher Tagesablauf.

Dann traf er in der Stadt zufällig Lorenz. Er ging selbst sehr selten in die Stadt. Nie hatte er jemanden von der Uni. Den er kannte. Dort getroffen. Doch heute. Lorenz. Thomas. Sie waren befangen. Was machst Du. Und Du. Hier. Es wird. Frühling. Ja. Bald. Hier bin ich übrigens zur Schule gegangen. Damals. Sah noch anders aus. Damals. Und hier haste gearbeitet. Nein. Nicht hier. War bei Hamburg. Viele Jahre. Bin erst später wieder gekommen. Als mein Eltern gestorben sind. Und meine Frau. Schon länger tot war. Ach. Wußte gar nicht. Daß Du verheiratet warst. Ja. Und dann haste hier. Deine Zeit totgeschlagen. Vor der Uni. Ja. Und nein. Habe das Elternhaus umgebaut. War ziemlich renovierungsbedürftig. Über die Jahrzehnte ist nicht viel passiert. Arbeit über Jahre. Jetzt. Aber irgendwann füllt es einen nicht mehr aus. Und woher. Kommst Du. Aus Süddeutschland. Kleines Kaff. Kennste nicht. Und die anderen beiden. Heike. Ja. Heike kommt aus Würzburg. Merkste nicht. Der andere Lorenz aus Nordhausen. War DDR. Früher. Hörste nicht. Und dann haben wir uns hier. Ohne Uni hätten wir uns nie. Getroffen.

Wo wohnste denn. Hier. Du meinst mein Elternhaus. In der Gartenstraße. Nr. 13. Kann man sich merken. Und Du. Im Wohnheim an der Uni. Wie Heike. Ist billiger. Und der andere Lorenz. Der wohnt in einer WG. Kleines Zimmer, aber zentral. Ganz nette Leute. Glaub ich. Wenn Ihr mal Lust habt. Könnte Ihr ja mal vorbeikommen. Gartenstraße. Nr. 13. Wenn Ihr Lust habt. Auch ohne Voranmeldung.

Für nen Kaffee reicht es. Immer. Wenn ich da bin. Na dann. Bald fängt das Semester wieder an. Wir sehen uns. Machs gut. Ja. Du auch.

Kein Passant war stehen geblieben. Weil er mit einem jungen. Einem Studenten sprach. Niemand kannte ihn. So gut wie niemand mehr. War zu lange weg. Von hier. War gut. So.

Er wollte direkt nach Hause. Zurückfahren. Nach der Begegnung mit Lorenz. Aber irgendetwas. Hielt ihn. In der Stadt. Ein Tag ist so kurz. Ist so lang. Er streifte durch die Straßen. Fußgängerzone. Scheußlichkeit. In Person. Aber jetzt an die Uni. Oder nach Hause. Das ging nicht. Da sah er ein Cafe. Kannte er. Nicht. Ging hinein. Kannte niemanden. Setzte sich. An einen freien Tisch. Mit dem Rücken. Zur Wand. Die Kellnerin kam. Kellnerin. Wohl kaum. Die Bedienung. Kellnerin trägt schwarzen Rock. Weiße Schürze. Ist adrett. Die nicht. War jung. Vielleicht im Nebenberuf. Vielleicht. Studentin. Dachte er. Was wünschen Sie. Was nimmt man. In einem Cafe. So üblicherweise. Dachte er. Bei sich. Einen Kaffee. Ist bestimmt nicht falsch. Und ein Stück Kuchen. Verschiedene. Vorne an der Theke. Gut. Dann gehe ich. Auswählen. Kam zurück. Mit einem Stachelbeerkuchen. In der Bestellung. Die Bedienung. Kam zurück. An seinen Platz. Mit dem

Stachelbeerkuchen. Und dem Kaffee. Roch gut. Beides. War nett. Die Bedienung. Und hübsch. Er schaute sich um. Wenige Leute. Rentner. Frauen mit Kindern. Sonst niemand. Und er. Er sah eine Zeitung. Im Ständer. An der Theke. Nahm sie. Stand auf, nahm sie. Ging zurück. Immerhin. Diese Zeitung. Er las. Eine Weile. Er fühlte sich. Nicht mehr allein. So. War vertieft. In die Zeitung. Was kann ich noch bringen. Ja. Was noch. Noch einen Kaffee. Noch einen. Kuchen. Nein. Nein. Das genügt.

Er zahlte. Trank den letzten Schluck. Des zweiten Kaffees. Der zweiten Tasse. Fühlte sich besser. Aber was nun. Ging zum Auto. Setzte sich. Hinein. Ließ den Motor an. Wußte nicht. Wohin. Zur Uni. Nach Hause. Sonst. Gab es nicht. Er fuhr. Los. Nirgendwohin. Konnte sich. Nicht entscheiden.

Der Wagen fuhr. Wußte. Wohin. Er will. Als er parkte. Uni. Was will ich hier. Es wird niemand da sein. Den ich kenne. Und in die Bibliothek. Zur Blassen. Nein. Jetzt nicht. Heute nicht. Geht nicht.

Er fuhr wieder an. Wohin. Keine Ahnung. Nach Hause. Er setzte sich. Wußte nicht. Was zu tun. Was nicht. Zu tun. Fühlte sich. Nicht.

Früh ging er. Ins Bett. Morgen. Wieder Uni. Bibliothek. Die Blasse. Noch zwei Tage. Bis zum Wochenende. Dann beginnt die Uni. Wieder. Er spürte. Daß er sich freute. Wie manchmal. Bei der Arbeit. Freute sich. Auf Montag. Manchmal. Jetzt.

Er ging direkt in die Vorlesung. War ja die erste. Am Morgen. In seinem zweiten Semester. Seit Oktober also. Studierte er. Machte es ihm Freude. Wußte es. Nicht. Ja. Es beschäftigte. Er entdeckte viel. Neues. Und hatte die drei getroffen. In der Vorlesung. Die anderen Anwesenden. Gab es Neue. Waren welche. Nicht mehr da. Nein. Konnte sich nicht erinnern. Die eine. Die ihn angesprochen hatte. Saß wieder vorne. In der zweiten Reihe. Sah er sofort. Er war froh. Daß sie weit weg saß. Ging danach. In die Cafeteria. Es war jetzt 11. Oder schon später. Morgens hatte er nichts gegessen. Nur Kaffee. Jetzt nahm er zwei Brötchen. Auf das Tablett. Auf einen Teller. Auf eine Serviette. Die auf dem Teller. Auf dem Tablett. Lag so da. Georgia guckte. Wegen des Preises. Käse oder Salami. Salami. Zwei Mal. Und ein Kaffee. Den mußte er nicht bezahlen. Mußte beim Automaten bezahlen. Aber er hatte den Kaffee. Auch auf das Tablett gestellt. Neben den Teller. Mit der Serviette. Und den Brötchen. Auf das Tablett, das er weiterschob. Dabei waren jetzt gar nicht viele Leute. Da. Ging schnell. Er. Das Tablett. Das Bezahlen. Ein Tisch. Er setzte sich. Sah sich nicht um. Setzte sich. Auf den Stuhl. Mit dem Rücken. Zur Wand. Setzte sich. Saß jetzt. Mit dem Rücken zur Wand. Sah sich um. Jetzt. Erst jetzt. Sah er die vielen Studenten. Die er nicht. Kannte. Vom Sehen. Nicht kannte. Nicht kennen wollte. Kein Interesse. Beiderseits. Vermutlich. Man muß nicht. An allem interessiert sein. Er aß schnell. Wie er gekommen war. Wie er bezahlt hatte. Wie er sich setzte. Wie er umherschaute. Wie er den Kaffee trank. Schnell. In Gedanken. Verloren.

Ging zur Blassen. In die Bibliothek. An seinen Platz. War noch frei. Holte die Bücher. Die üblichen. Vertiefte sich. Wollte. Sich vertiefen. Ging nicht. Stand auf. Ging herum. Ging aus der Bibliothek. Heraus. Auf den Flur. In das Treppenhaus. Wollte nicht. In die Cafeteria. Ging er. Niemand da. Wie sollte auch. Jetzt. Um diese Zeit. Er ging wieder zurück. Richtung der Blassen. Da streifte ihn. Der Blick von Heike. Sie kam durch die Eingangstür. Wollte wohl. Zur Cafeteria. Vermutlich. Wollte wohl. Etwas essen. Oder Lorenz. Oder den anderen. Treffen. Hallo Heike. Thomas. Lange nicht. Ja. Nein. Was. Suppe. Hier. Ja. Kann ich Dir Gesellschaft leisten. Ja. Ich hole mir was. Dauert. Gleich.

Heike bezahlte. Bei Georgia. Das Brötchen. Auf der weißen Serviette. Und dem Teller. Und dem Tablett. Und den Obstsalat. Den hatte sie sich auch. Aufgeladen. Da sie in der Kneipe. Gestern. Hatte sie das Geld. Sie ging zum dem Tisch. An dem er saß. Setzte sich. Rückte den Stuhl so. Daß sie Thomas schräg gegenüber. Nicht direkt. Das wollte sie nicht. Offenbar. Schön. Ja. War lange Zeit. Semesterferien. Schon 3. Semester. Ja. 2. Semester. Bei mir. Was hast Du in den Ferien gemacht. Bei meinen Eltern. Vier Wochen. Dann noch mal weg. In Griechenland. Sonne. Das war. Erholung. Jetzt kann das Semester kommen. Und du. War nicht weg. War hier. Immer. Viel in der Bibliothek. Und habe. Den Lorenz getroffen. In der Stadt. Schon einige Zeit her. Ja. Hat er erzählt. Daß Du von hier bist. Wo Du warst. Wo Du wohnst. Dann weißt Du ja alles über mich. Ich muß. In die Vorlesung.

Wußte nicht. Klar. Weiß ich. Vielleicht. Ja. Bestimmt. Bis dann.

Er freute sich. Wußte nicht. Warum. Wußte. Warum. Ging den Weg. Den er vor einer halben Stunde schon angetreten hatte. Zurück. Zur Blassen. Zur Arbeit. Zur Bibliothek. Setzte sich. Las. Las nicht. Dachte. Nicht. Stand auf. Setzte sich. Stand auf. Nicht. In Gedanken. Setzte sich. In Gedanken. War unruhig. Begriff nicht. Nichts. Von dem. Was er las. Er las. Nicht. Die Augen blieben. An jedem Wort heften. Er konnte nicht. Weiter. Ging nicht. Wollte. Nicht. Was war los. Er wußte es. Nicht. Wußte nicht. Dies ging schon seit Wochen so. Früher war es anders. Da hätte er. Bestimmt. In einer halben Stunde. Höchstens. Jetzt aber. Hing er an der einen Seite. Schon seit einer Stunde. An einem Satz. An einem Wort. An einem Buchstaben. Dem D. In dem *Das*. Das *Das*, das am Anfang stand. Des Absatzes. Der Seite. Des Artikels. Wer hatte ihn geschrieben. Egal. Wußte es nicht. Wußte er nicht. Warum las er ihn. Gar nicht. Las gar nicht. Kann nicht. Kam nicht. Über das erste Wort. Hinaus.

Er packte. Die Bücher. Wieder in das Regal. Ging hinaus. Über den Flur. Zum Ausgang. Zum Parkplatz. Niemand. Der ihn hinderte. Es war erst früher Nachmittag. Er setzte sich. In das Auto. Fuhr los. Gab Gas. Wußte nicht. Wohin. Nach Hause. Nein. Jetzt nicht. Fuhr in die Stadt. Ging ziellos. Durch die Straßen. Gassen. Wußte. Er wollte. Wieder zu dem Cafe. War nichts Besonderes. Aber es zog ihn. Dorthin. Was hätte er sonst machen sollen. Er bestellte einen Kaffee. Keinen Kuchen. Wußte nicht, welchen er nehmen sollte. Eine andere Bedienung. Nicht so freundlich. Nicht so hübsch. Trank den Kaffee. Den sie brachte. Trank aus. Ging. Zahlte dabei. An der Theke. Ging hinaus. Auf die Straße. War unruhig. Warum. Wußte genau. Warum. Wozu. Das alles. Fuhr.

Er überlegte. Sollte er aufhören. Mit dem Studium. Weitermachen. Was sonst. Anstelle des Studiums. Was tun. Fühlte sich. Leer. Ging. Nach Hause. Las. Nicht. Hörte Musik. Ging nicht. Schaltete. Den Fernseher ein. Ging. Ging nicht. Schaltete aus. Wieder. Legte sich. Ins Bett. War das. Das Leben. Ja. Nein.

Nach dem Frühstück freute er sich auf die Vorlesung. Diese Last. Die den Tag beginnt. Er ging auch dann in die Vorlesung. Wenn es ganz überflüssig war. Und er. Ihn zog nichts dorthin. Er mußte dorthin.

Aus Gewohnheit ging er danach. In die Cafeteria. War überrascht. Dort saßen. Heike. Lorenz. Der andere Lorenz. Er hatte sie schon lange nicht mehr zusammen gesehen. Zusammen gesessen. Sie sprachen. Wohl über eine gemeinsame Arbeit. Sie sahen. Ihn. Schienen sich zu freuen. Daß er wieder dazukam. Setzte sich. Nahm vom Nachbartisch einen Stuhl. Rückte ihn dazu. Saß dabei. Bei den drei. Hallo. Ja. Schön. Euch zu sehen. Nach der langen Zeit. Ja. Wir auch. Habt Ihr für das neue Semester. Genaue Pläne. Eigentlich nicht. Studieren. Ach. Welch Überraschung. Lorenz schaute. Niedergedrückt. Was ist. Los. Lorenz zögerte. Ich habe das Stipendium. Nicht bekommen. War zu erwarten. Nach unserer Nummer mit der Gruppenarbeit. Das Ergebnis war schlecht. Zu schlecht.

Jetzt habe ich zu viel. Vom zu wenig. Meine ich. Meine Eltern geben wir Geld. Aber es reicht nicht. Ich muß wohl. Wie Heike arbeiten. Dann wird die Zeit aber knapp. Zum Studieren.

Die Idee. Und Thomas.

Ihr könntet aber gemeinsam Geld verdienen. Kommst Du wieder. Mit Deinem Büchertick. Trick. Nein. Nicht einfach. Aber möglich. Nämlich. Ihr könntet. Eine Kneipe aufmachen. Nicht bedienen. Sondern leiten. Steuern. Wie das.

Ich hatte kürzlich die Idee. Ihr macht eine Kneipe auf. Eine Kneipe. O je. Davon gibt es genug. Geh fort mit Deinen Ideen. Nein. Ich meine nicht eine normale Kneipe. Davon gibt es genug. Ich meine eine für Studenten. Ein Laden mit attraktiven Preisen. Für Studenten. Und nicht nur trinken. Bei der die Bude eingerannt wird. Weil es gut ist. Und günstig. Und modern aussieht. Anders als die Spießerläden. Eine Kneipe, bei der sich alles z.B. um ein Essen dreht. Zum Beispiel. Bratkartoffeln. Die macht nämlich niemand mehr. Zu Hause. Keine Hausfrau will das mehr zuhause haben. Den Dreck und Gestank. Wenn es eine Hausfrau noch gibt. Aber viele essen das sehr gerne. Nicht kalorienbewußt, aber das ist auch nicht alles.

Spießerläden. Das von Dir. Wie meinst Du das. Na. Du bist alt … älter. Und Du redest von Spießerläden. Ja. Ist keine Frage. Des Alters. Allein.

Gute Organisation im Ablauf. Das ist das A und O des Betriebs. Und des Geldverdienens. Wieso A und O. Was soll das. Apfel- und O-Saft. Oder was. O je. Du kennst A und O nicht. Alpha und Omega. Anfang und Ende. Im Griechischen Alphabet. Erster und letzter Buchstabe. Siehste in Kirchen öfter. Aber das kennste wohl nicht.

Anfang und Ende. Ne. Kenne ich nicht. Nur Anfang. Mehr gibt es nicht. Aber ist nie zu spät. Zu lernen. Na. Dann ist es ja gut.

Ich habe so etwas gesehen. In einer anderen Stadt. Vor Kurzem. War eine Pizzeria, aber das ist inzwischen ziemlich ausgelutscht. Da sind aber auch die angesehenen Bürger hingegangen. Weil es schick war. *In* war. Gut war. Junge Leute da waren. Und wie haben die es gemacht.

Das wollte ich ja gerade sagen.

Aber wir haben kein Geld. Einrichtung kostet Geld. Viel Geld. Stimmt. Das meine ich aber auch nicht. Nicht Leder. Chrom und so. Im Gegenteil. Ganz einfache Räume. Knallig angemalt. Farbe ist alles. Das kostet nicht viel. Wir brauchen nur geeignete Räume. Ihr. Da müßte man sich mal umschauen. Nix Modernes. Das muß den Charme des Angegammelten haben. Da geht doch keiner hin. Wenn es angegammelt ausschaut. Doch. Das muß diesen Charme haben – und dann knallige Farbe drüber. Das macht die Leute ganz scharf.

Da muß dann alles knallig sein. Die Speisekarte. Die Servietten. Nicht so wie bei Georgia und Petra. Hier in der Cafeteria. Sondern brutal knallig. Tischdecken knallig. Oder Tischfarbe und Stühle knallig. Werbung bunt wie ne Kuh. Ne Küche muß natürlich vorhanden sein. Stühle und Tische kann man sich auch zusammen sammeln. Auf dem Sperrmüll. Oder bei der Heilsarmee. Oder so. Das kostet nichts. Nicht viel. Die Miete der Räume auch nicht. Wenn es an sich ein unattraktiver Raum ist. Muß natürlich für eine Gaststätte zugelassen werden. Gewerbeerlaubnis und so. Darf nicht am A… der Welt liegen. Eher so zwischen Uni und Innenstadt. Aber kann Gewerbegebiet sein, das ist kein Problem. Vielleicht in einer ehemaligen Kantine eines Betriebs, der geschlossen wurde. Oder so.

Na, dann hast Du ja alles schon geplant. Geplant. Nein. Gar nichts. Die Idee trage ich aber schon eine Zeitlang mit mir herum. Aber das sind nur Gedanken. Vielleicht gefallen sie Euch auch gar nicht. Fiel mir nur gerade ein, als es um Geldverdienen geht. Vergeßt es am besten.

Na. So schlecht hört sich das Ganze auch nicht an. Wir wollen aber nicht Geld ausgeben, sondern verdienen. Das ist der Haken. Ja. Verstehe ich. Ich könnte. Ich meine. Wenn Ihr wollte. Könnte ich das Geld vorstrecken.

Und da gibt es noch einen Haken. Wir wollen Geld verdienen. Um unser Studium zu finanzieren. Nicht, um es abzubrechen. Ja, stimmt. Aber Ihr müßtet auch nichts abbrechen. Geöffnet wird abends. Ab 17 Uhr. Oder so. Und Ihr stellt Leute an zum Bedienen. Und Kochen und so. Es geht ja nicht um herausgehobene Küche. Sondern um gute, solide Hausmannskost. Gibt es heute ja fast nicht mehr. In einer besonderen Umgebung. Die junge Leute anzieht. Ihr macht die Arbeit nicht allein. Nicht selbst. Ihr laßt arbeiten. Das Organisieren wäre natürlich Euer Ding.

Wie gesagt: Vergeßt es. War nur so eine Idee. Was steht diese Woche bei Euch an. Keine Ahnung. Vorlesung. Wieder an das Studium gewöhnen. Nach den Semesterferien. Muß wieder in die Bib. Wir sehen uns wieder. Ja. Bald. Mach es.

Es ging heute besser. Er kam über die erste Seite hinaus. Der Artikel war derselbe, aber ein anderer. Auch wenn er an die Unterhaltung dachte. Seine Unterhaltung. Er hatte viel zu viel geredet. Seine Ideen ausgebreitet. Den anderen aufgezwungen. Dennoch war er irgendwie erleichtert. Er fühlte sich besser. Als in den letzten Wochen. Heute ging er früher nach Hause. War zufriedener als sonst. Weniger unzufrieden.

Die nächsten Tage sah er die anderen nicht wieder. Auch die folgende Woche nicht. Erst zwei Wochen später traf er zufällig Heike auf der Treppe. Sie sah ihn. Ging auf ihn zu. So schlimm war es dann doch wohl nicht. Dachte er. Hallo. Heike. Keine Vorlesung, keine Gruppenarbeit. Doch. Später. Ich habe mit Lorenz. Und dem anderen Lorenz gesprochen. Wir finden Deine Idee nicht schlecht. Da sind aber viele Fragen. Offen. Hättest Du Lust. Daß wir uns mal treffen, um darüber zu sprechen. Abends. Zum Beispiel. In der Kneipe, in der ich bediene. Aber nicht an dem Abend.

Er war überrascht. Hatte dies nicht erwartet.

Ja. Gerne. Wann denn. Am Mittwoch. Um 8. Abends. Ja, gut. Ich bin da. Wir auch. Ich muß. Ja.

Er versuchte, nicht pünktlich zu sein. Warum eigentlich. Sie studierten zusammen. Sie trafen sich um zu reden. Es war kein Vorstellungsgespräch. Doch. Er empfand es so. Wollte nicht, aber es war so. Als er in die Kneipe kam, war niemand da. Niemand von den dreien. Er setzte sich an einen freien Tisch. Viele Tische waren frei. Lag es an der Uhrzeit. Hier bediente Heike also. Lohnte sich das. Kam dabei Trinkgeld zusammen. Konnte es sich aber nicht richtig vorstellen. Vielleicht würde es ja später noch voller werden. Vielleicht.

Er erinnerte sich an eine Kneipe in einem anderen Ort. Mittlere Stadt mit Fachhochschule. Einige Studenten. Er war in die Kneipe auf ein letztes Bier hingegangen. War froh, daß überhaupt noch etwas geöffnet hatte. Mußte gleich bezahlen. Durfte noch so lange bleiben, wie aufgeräumte wurde. Es war gegen 11. Es war leer. An der Theke hing der ewige Stammgast. Der letzte. Außer ihm. Die zwei Wirte waren ganz jung. So Mitte 20. Vermutlich abgebrochene Studenten. Oder auch nicht. Nett. Zu nett. Sie räumten auf. Es hatte offenbar am Abend Buffet gegeben. Sie hatten noch viel wegzuräumen. Die Gaststätte war groß. Elend groß. Wie kann man das mit Leuten füllen. Die üblichen ländlichen braunen Wirtshausstühle. Ein paar Pflanzen. Gelebtes Elend. Wer geht in eine solche Kneipe. Außer ihm. Und dem zähen Stammgast. An der Theke angewachsen. Wenn man ein letztes Bier sucht. Er bekam noch ein zweites. Weil er schnell trank.

Nichts war dort ansehnlich, zog an, forderte zum Verweilen auf. Für Studenten war das vielleicht in Ordnung. Aber ein Reißer war das nicht. Eher ein abschreckendes Beispiel.

Das könnte es nicht sein. Es muß. Ganz anders sein. Selbst aus einer solchen Kneipe könnte man mit beschränktem Aufwand etwas Tolles machen. Auch mit den Wirtshausstühlen. Es kommt auf das andere an. Das „Drumherum". Nicht „dummherum". Hallo. Heike. Hallo. Schön. Daß. Ja.

Er war noch bei der anderen Kneipe. Gedanklich. Das ärgerte ihn. War jetzt aber so. Ja. Klar. Wollten eigentlich. Viel früher. Kommen. Hier bedienst Du also. Lohnt sich das. Ich meine. Gibt es genug Geld. Trinkgeld. Ja. Toll ist es nicht. Aber es geht. Kommen denn noch mehr. Am Abend. Ja. Das füllt sich noch. Etwas. Mit einem solchen Betrieb könnten wir das. Was ich meine. Nicht machen. Ja. Denke ich. Hallo. Lorenz kam. Kurz darauf der andere. Hallo. Schön. Daß es geklappt. Ja. Ja. Wir wollten mit Dir. Über Deine Idee mit der Kneipe sprechen. Dacht ich mir. Ja. Wir haben. Wir drei haben. Darüber gesprochen. Und finden Deine Idee nicht schlecht. Aber. Wie setzt man das um. Da sind so viele Fragen. Und alles kostet. In der Cafeteria ist es schwierig. Darüber zu sprechen. Daher wollten wir. Hier mit Dir. Verstehe. Ja. Vielleicht kannst Du. Nochmal sagen. Wie Du das Dir vorgestellt hast. Ja klar.

Also. Wenn wir mal. Bei den Räumlichkeiten anfangen. Wie ich schon sagte. Wir brauchen eine bestehende Küche. Sonst wird es teuer. Zu teuer. Im übrigen können die Räume sehr schlicht sein. Eine ehemalige Kantine eines stillgelegten Betriebs. Oder einer Verwaltung. Wäre möglich. Vielleicht das Beste. So 150 qm wäre das Mindeste. Für den Gastraum. Wie man das so nennt. Plus 50 qm Küche und Theke. Darunter geht gar nichts. Lohnt sich dann nicht. Muß kein großer Raum sein. Unterteilung nicht schlecht. Aber alles ebenerdig. Sonst läuft man sich die Hacken wund. Oder braucht wieder einen Aufzug. Für Speisen und so. Das kostet. Essen wird kalt. Wär nicht gut.

Einrichtung hab ich ja schon erwähnt. Toilettenanlage auch wichtig. Neuester Stand auch da überhaupt nicht erforderlich. Zugang zum Gebäude. Sollte von der Straße aus sein. Gut sichtbar. Reklame wichtig. Nicht so sehr am Gebäude. Sondern in der Uni. Und im Wohnheim.

Kosten. Ja. Wichtig. Kosten für erste Einrichtung. Und Kosten für laufende Unterhaltung, Miete und so. Wie ich schon sagte. Ich könnte Euch ein Darlehen geben. Habe ja auch ein Interesse. Wieso. Welches. Nun. Ein eher mittelbares. Ich weiß ja nicht. Ob Ihr mich dabei haben wolltet. Würdet. Wäre für mich auch. Eine große Herausforderung. Wäre. Mal was anderes. Anders als die Blasse. Die Bücher. Das Nichts. Wir könnten einen Vertrag schließen. Über das Darlehen. Am Anfang. Man muß auch den Betrieb vorfinanzieren. Weil nicht gleich genug Leute kommen.

Und wie haste Dir. Das andere vorgestellt. Ist ja fast noch wichtiger. Als die Stühle. Ja. Stimmt. Die Leute müssen. Richtig angesogen werden. Ein Drang. Zum Hierherkommen. Hierherzukommen. Ist ganz wichtig. Vor allem. Von Anfang an. Wichtig.

Also. Einzelheiten erst später. Wenn wir. Wenn Ihr. Räume habt. Also in Aussicht habt. Aber. Schon jetzt. Ich habe da vor einiger Zeit. In einer anderen Stadt. Auch mit Studenten. Kleiner als hier. Deutlich kleiner. Eine Kneipe hab ich gesehen. Für Studenten. Vermute ich. Die Betreiber. Ganz junge Leute. Die Kneipe war elend. Da war kein Sog. Gar nichts. Aber selbst mit der Kneipe würde es. Könnte es. Klappen. Wenn man das Richtige tut. Kein Grüngestrüpp. Ist was für linke Spießer. Farbe. Eimer. Weise. Tonnen. Farbe. Tief in die Farbpalette greifen. Die 70er Jahre waren dagegen. Blaß gewesen. Was. Die 70er Jahre waren doch ganz bunt. Sagen meine Eltern. Deine Eltern. Das ist die verblaßte. Nein. Die überfärbte Erinnerung. Aus Filmen. Oder Woodstock. Die Farben der 70er Jahre. Waren doch meist eher gedeckte Farben. Nur mit ungewöhnlichen Motiven. Farben waren. Grün und Braun. Aber nix Knalliges. Und Orange natürlich. Ein bißchen knallig. Aber mehr nicht. Biedermeier war dagegen. Ein Farbrausch. Was. Biedermeier. Sind doch die Spießer. Von rechts. Meinst Du. Nein. Biedermeier hatte brutale Farben. An den Wänden. Tapeten. Und so. Kennt heute keiner mehr. Muß aber nicht Biedermeier sein. Wenn wir Eure Nerven schonen. Wollen wir andere Farben nehmen. Ein gedecktes Braun. Oder Grau. Oder so.

Auch die Werbung. Muß bunt sein. Wenn man diesen Weg geht.

Ihr könntet aber auch. Einen ganz anderen Weg gehen. Wenn schon Bratkartoffeln und so. Dann könnte man auch konsequent auf Landgasthof machen. Dann wären Wirtshausstühle ein Muß. Dazu dann die 60er Jahre Landgasthofbezüge. Finde ich wunderbar. Garderobe. Mit Hutablage und so. Butzen. Kupferfarbene Lampenschirme. Ist ja auch so fast schon wieder modern. Am besten rote Fliesen. Auf dem Boden. Hinter der Theke. An der Theke. Überall. Das ist ausbaufähig. Theke nicht für den Stammgast. Sondern nur für die Bedienung. Leute setzen sich. Oder gehen. Oder kommen. Anderes gibt es nicht.

Die Werbung. Die Speisekarte. Alles. Muß dann entsprechend sein. So ein bißchen spießig. Richtig. Zum Wohlfühlen. Gibt es ja heute auch schon. Mit Fritzkola. Und so. Dort aber eher Stehlampengemütlichkeit. Bei uns gäb es Bier. Aus dem Halbliter. Und Wein. Aus dem Viertel. Nicht 02. Aus dem Römer. Wo willste denn. Einen Römer herkriegen. Und wozu. Ganz einfach. Römer ist. Kein Mensch. Ist ein Glas. Ein Weinglas. Bestimmte Art. Von Weinglas. Steht für Spießer. So richtig Herz. Erwärmend. Für mich.

Kann ich mir auch gut. Kann ich mir vorstellen. Bei Dir.

Und Du. Was meinst Du. Wenn Ihr wollt. Daß ich mit mache. Mache dann mit. Gemütlich ist mein Ding. Aber für die Kneipe. Sollte es besser knallig sein.

Oder Ihr macht ganz auf Schwarzweiß. Schwarzweiß Fotos, Filme, alles. Da muß man aber aufpassen, daß es nicht zuviel wird. Fiese Fliesen in Schwarzweiß ist dann zuviel.

Das müßte man dann. Später entscheiden. Wenn die Räume und Einrichtung schon klar.

Und dann braucht Ihr. Genügend Leute. Die arbeiten. Für Euch. Wenn es knallt. Muß das alles genau geplant sein. Nicht zu wenig. Nicht sparen. Personal muß spuren. Bekommt ja auch Geld. Dafür muß es. Arbeiten bis zum. Umfallen gibt es nicht.

Wichtig ist. Der Koch muß gut sein. Hausmanns Kost. Aber gut. Das wird nicht einfach. Das müßten wir gut überlegen. Auch finanziell.

Wäre das ein großer Posten. Denn die anderen sind Laien. Der Koch ist Profi. Mittlere Liga genügt. Aber Profi.

Sie schwiegen. Warum. Wußte er nicht. Was ist. Los. Sagt es. Ruhig. Heike wollte. Blieb. Wollte etwas sagen. Wußte nicht wie. Nicht was. Der andere Lorenz. Das klingt nach viel. Arbeit und so. Aber auch groß. Ich weiß nicht. Was die anderen davon halten. Aber mir gefällts. Ob knallig oder spießig. Ich finde beides. Gut ists. Aber was bliebe bei uns an Arbeit zu tun. Kann ich mir noch nicht vorstellen. Was meinst Du. Wie ich sagte. Organisation ist alles. Das wäre Eure Arbeit. Und meine. Wenn Ihr wollt. Da gibt es genug. Vom Bestellen bis zum Bezahlen. Aber viel davon kann man am Vormittag oder tagsüber. Von zuhause erledigen. Da muß nicht jeder von uns ständig vor Ort sein.

Wichtig ist die Kalkulation. Einkauf. Personal. Koch. Miete. Alles. Ihr. Wir. Was kostet das Schnitzel. Mit Bratkartoffeln. Und ohne. Was kostet die Cola. Das Halbe und Viertel.

Am Ende des Tages. Muß ja so einiges übrigbleiben. Alles andere. Kann man nicht verteilen. Nur im Sozialismus.

Heike. Wußte nicht. Ich kann das heute nicht entscheiden. Nicht für mich. Das ist was Größeres. Als abends bedienen. Das muß ich. Reifen lassen. Mir überlegen. Und Ihr. Ja. Laß uns. In den nächsten Tagen. Das weitere erwägen. Ist das für Dich in Ordnung. Thomas. Ja. Klar. Ich fände es toll. Wie ich schon sagte. Weil das eine große Herausforderung wäre. Die das Leben ausfüllt mit Sinn. Jung hält. Jung macht. Aber Ihr wollt studieren. Später was Besseres machen. Das hängt von Euch. Ab von niemandem. Sonst von nix. Er trank den Rest des Bieres aus. Und bestellte ein Neues.

Ihr wollt sicherlich. Noch etwas tun zu Hause. Geht ruhig. Ich lade Euch ein. Zur Feier des Tages.

Er trat auf die Straße. Es war wie immer. Als wär nichts gewesen. Nichts geschehen heut Abend. Etwas wärmer als die letzten Tage. Er fühlte. Sich.

Zuhause legte er eine Platte auf. Den Spieler. Es knackte ein wenig. Beim Aufprall des Tonarms. Auf der Platte. Kam dann Musik. Er hörte. Sie nicht. Er wußte am nächsten Morgen nichts. Was er noch gemacht hat. Nichts. Ob er noch länger dort saß. Oder eingeschlafen war. Sofort. Noch einen getrunken hat. Wohl nicht. Heute ging er. In keine Vorlesung. Zum ersten Mal seit dem Beginn des Studiums. Von seinem Urlaub im Semester abgesehen. Er wußte nicht. Wie die drei anderen den Abend aufgenommen haben. Sie schienen ziemlich verstört. Angespannt. Nicht gerade begeistert.

Er setzte sich auf seinen Stammplatz. Den gab es hier. Bei der Blassen. Nicht in der Kneipe. Der Kopierer streikte. Er wollte viel kopieren. Ging heute nicht. Den ganzen Tag. Er schrieb sich die Seiten auf, die er noch kopieren wollte. Morgen dann. Oder später.

Es wird ernst. Und Thomas.

Erst am Nachmittag ging er heute in die Cafeteria. Er wußte nicht ob er den anderen drei aus dem Weg gehen wollte. Oder umgekehrt. Sie suchte. Er nahm. Neben dem Kaffee. Wie immer. Heute einen Apfelkuchen. Wie schon lange nicht mehr. Setzte sich, saß, hat gesessen. Als Heike. Also Heike. Kam. Thomas. Heike. War anstrengend. Gestern kam viel. Zusammen. Wollen wir noch mal darüber sprechen. Wir melden uns. Sehen uns. Na. Dann. Er kaute weiter. Auf seinem Apfelkuchen. Und trank. Aus seiner Tasse. Kaffee. Und stand. Um noch einmal ein Wasser zu holen. Bei Petra. An der Theke.

Der Tag verging. Zäh war alles. Was er sich vorgenommen hatte. Viel blieb unerledigt liegen. Am Abend wollte er heute in eine Veranstaltung. Wenn man es so allgemein bezeichnet. Der Referent sollte über ein Thema sprechen, das ihn interessierte. Auch wegen seines Studiums. Seines Studienfaches. Ja, das war sein Thema. Er verstand den Referenten. Kaum. Er sprach. Sehr leise verhalten. Verhallten die Worte. Danach reihte er sich ein. In die Schlange der Wartenden. Auf das Signieren. Er wollte den Referenten auf den Inhalt ansprechen. Aber das Gedränge war zu groß. Es wurde nichts draus.

Zwei Wochen danach. Nach dem Treffen. In der Kneipe. In Heikes Kneipe. Traf er die drei. Wieder in der Cafeteria. Es war. Kein Zufall. Schien es. Wir wollen mit Dir noch mal über die Kneipe reden. Haste Zeit. Heute. Morgen. Oder so. Ja. Gerne. Morgen ist gut. Um 8. Am gleichen Ort. Oder. Ja. Machen wir.

Um 20 nach 8 betrat er die Kneipe. Diesmal. Als erster. Wie das letzte Mal. Sonst niemand da. Dachte er. Auch diesmal. Kurz darauf kamen die anderen drei zusammen an. Schön. Daß Du da. Biste schon lange. Tut mir leid. Wir sind zu spät von dem Wohnheim losgefahren. Also. Wir möchten gerne die Sache machen. Mit Dir. Ohne Dich. Geht das nicht. Wollen wir nicht. Wir müßten dann mal einen Finanzrahmen abstecken. Auch Darlehen. Wenn es überhaupt geht. Müssen schließlich zurückbezahlt werden. Ich denke. Wir müßten 50 tausend Euro kalkulieren. Drunter geht das nicht.

Das erste ist das Objekt. Wir. Wir alle. Müssen nach einem geeigneten Mietobjekt Ausschau halten. Die Eckpunkte dafür sind ja schon geklärt. Denke ich. Sobald wir etwas sehen, müßten wir gemeinsam schauen, ob das wirklich funktionieren könnte. Lage, Größe, Zustand, Attraktivität. Miete.

Dann müssen wir die Richtung festlegen. Also. Alles mit Bratkartoffeln. Oder. Nicht. Bratkartoffeln mit. Grünkohl. Und Pinkel. Im Winter. Mit Rotkohl. Und Rouladen. Im Winter. Und Herbst. Mit Lauch. Und Bauch. Speck. Immer. Mit Schnitzel. Immer. Mit Steak. Mit Schmorbraten. Mit Zwiebelrostbraten. Mit. Hör auf. Ich krieg. Hunger. Aber. Die Kartoffeln sind nur der Dreh- und Angelpunkt. Das Fleisch ist wichtig. Noch wichtiger. Daher muß der Koch auch gut sein. Salat. Alle Variationen. Gemüse. Spargel. Mit Bratkartoffeln. Alles.

Wenn jemand von uns ein geeignetes Objekt sieht, bitte allen Bescheid geben. Wir müssen aber auch aktiv auf die

Suche gehen. Sonst dauert das viel zu lange. Wenn wir etwas gefunden haben, muß es zügig gehen. Denn dann müssen die nächsten Schritte umgesetzt werden. Personal, Einrichtung. Alles. Und vor allem. Den Koch.

Vorher noch nicht drüber reden. Sonst läuft sich das tot. Die Leute fragen Euch dann am Anfang: Wann geht es denn los. Und wenn das noch ein paar Wochen immer noch nicht zu sehen ist, verlieren sie das Interesse. Man kann dann machen, was man will. Das ist dann eine Totgeburt. Also Zurückhaltung. Für uns alle. Ausnahme nur zwischen uns vieren.

Alles klar. Der andere Lorenz. Wollen wir nicht doch lieber was anderes machen. Nicht Bratkartoffeln. Das ist doch spießig. Kaum zu überbieten. Spaghetti. Wäre doch viel besser. Viel hipper. Viel toller. Mit Rotwein. Und den Farben. Viel mehr Spielraum. Hätten wir dann. Ja. Aber. Pizza ist schon ausgekaut. Pizzaladen an jeder Ecke. Iraker, Türken. Und was weiß noch wer. Durchgehend arme Speisen. Was willste da noch Tolles machen.

Oder wir wechseln ab. Im Winter Bratkartoffeln. Im Sommer Pizza. Dann mußte aber auch den Koch austauschen. Denn einen. Der alles kann. Wird man nicht finden. Die Leute wollen auch Bratkartoffeln im Sommer essen. Und Pizza im Winter. Ja. Aber beides gleichzeitig. Das geht nicht. Zuviel Aufwand. Wir können auch keine Trennung der Räume machen. Das geht nur bei riesigen Räumlichkeiten. Dann kann man unterschiedliche Stimmungen schaffen. Und Geruchsbelästigungen verhindern. Sonst geht das nicht.

Aber das wär nicht schlecht. Wenn wir alle paar Monate das Äußere verändern. Das zieht sicher wieder mehr Leute an. Ist gut fürs Geschäft. Und viele essen Bratkartoffeln. Im Winter lieber als im Sommer. Und Spaghetti ist eher ein Sommergericht. Dann müßten wir nur noch das Problem des Kochs lösen. Ja.

Und wie willste beides unter einen Hut bringen. In einem Namen. Kartoffelchips. Kartoffelhefe. Kartoffelpizz. Kartoffeleria. Mr. Potatoe. Giovanni Potatoe. Das paßt doch alles. Nicht. Aber wir wärs mit Halbe Pizza, halber Pfannkuchen. Könnte man auch optisch darstellen. Ist noch nicht ausgereift. Aber so in die Richtung. Du meinst. Due Stagioni. Oder so. Ja.

Na. Da fehlen uns aber wirklich noch die Ideen. Die zündenden.

Wir können es ja im Winter anders nennen als im Sommer. Wenn das Angebot und die Aufmachung so unterschiedlich sind. Zum Beispiel. Ja. Zum Beispiel. Pizza und mehr. Im Sommer. Und im Winter. Kartoffelsack. Ja. Toll. Wirklich.

Oder warum nicht Montaigne. Nach dem alten Franzosen Michel de Montaigne. Der mit den Essais. Der steht für Philosophie. Und für Essen, Genuß usw. Und mit dem deutlich erkennbaren französischen Namen vermittelt er ein wenig zwischen Deutschland und Italien. Zumal seine damalige Bäderreise von Frankreich über Deutschland nach Italien führte. Und wieder zurück. Und wäre damit für Sommer wie Winter geeignet.

Von seiner Reise durch Deutschland und die Schweiz. Nach Italien. Hat er da Pizzarezepte mitgebracht. Nein. War der nicht Olympiasieger in Turin. Damals. 20… Du meinst in der Abfahrt. Ja. Fast. Nicht ganz.

Als er auf die Reise ging, gab es noch keine Pizza. War noch zu früh – im Jahr. Im Frühjahr 1580.

Er nächtigte z.B. im Gasthaus Krone. In Lindau am Bodensee. Also. Wieso nicht Krone. Oder Lamm. Goldener Löwe. Adler. Zum Schützen. Oder so.

Oder so etwas wie. Wonne Mond und Sterne. Habe ich in Halle gesehen. An der Saale. Tolle Idee. Hat was.

Aber Bratkartoffeln im Montaigne. Das paßt nicht. Das geht nicht. Gar nicht. Doch. Geht gut. Er hat doch eher das rustikale deutsche Essen gelobt. Vielleicht. Montaigne 1580. So könnte es heißen. Und im Sommer. Montaigne 1850. Da gab es die Pizza schon. Ist Mitte des 18. Jahrhundert in Süditalien erfunden. Meine ich. Das ginge. Die Zahl könnte man so montieren. Daß man beide Seiten und damit beide Namen sehen kann. Und einmal herrscht die 15. Das andere Mal die 18.

Dann nehmen wir lieber 1581. Rückwärts ist es dann. 1851. Das ist noch besser. Noch einleuchtender. Noch runder.

Und die Speisekarte ist andersrum. Ich meine. Liest man sie, so steht dort die Winterkarte. Dreht man sie um, so steht die Sommerkarte drauf. Zumindest ein paar typische Speisen aus der späteren Saison. Optisch anders, so daß das klar geschieden ist. Aber als Andeutung auf die andere

Jahreszeit. Als Reklame für die nächsten Monate. Nicht als doppelt verwendbare Karte.

Und im Sommer ist es bunter. Im Winter gedeckt. Das müssen wir aber noch entscheiden. Ob mehr Landgasthof. Zur Post. Zum Bären oder so. Oder schwarzweiß modern. Und hip. Aber den Namen. Haben wir doch gerade schon entschieden. Ja. Stimmt. Trotzdem. Die Richtung im Winter ist noch unklar.

Wollen wir es so machen. Ich fänd es gut. Und Ihr. Ja. Aber wir müssen uns heute noch nicht endgültig entscheiden. Stimmt. Aber wenn es nicht sein soll. Sollten wir es bald wissen. Ich. Wenigstens.

Sie hatten inzwischen einige Viertel vom Wein. Und Bier getrunken. Und der andere Lorenz. Als einziger. Hatte etwas gegessen. Frikadelle mit Senf. Vor allem Senf. Und eine Gurke dazu. Schamhaft klein. Alles. Wer will. Wer soll nun. Was machen. Das sollten wir jetzt festlegen. Sonst verläuft sich alles wieder. Und wir sind 3 Wochen später in der Zeit. Ich finde. Du solltest es sein, der sich verstärkt um das Objekt kümmert. Du kennst Dich aus. Du stammst aus diesem Ort. Ja. Wenn die anderen auch. Einverstanden sind. Ja. Ja. Auch.

Na. Dann. Ich gebe Bescheid. Wenn ich etwas in Aussicht. Gefunden habe.

Die nächsten Tage konzentrierte er sich. Nur zu dem Seminar, das er in diesem Semester zu besuchen hatte, kam er noch zur Uni. Auf das Finden und das Suchen. Und das Suchen und das Finden eines passenden Objekts.

Er suchte genau. Die Bereiche zwischen Uni und Innenstadt ab. Die am besten in Frage kämen. Es wird schwierig. Das merkte er bald. Er hatte von seiner Jugend sich die Örtlichkeiten ganz anders vorgestellt. Er mußte die Stadt erst wieder kennen lernen. Er streifte durch Straßen. Die ihm unbekannt waren. Die er früher sicher häufig beschritten hatte. Alles neu. Alles gewohnt und unbekannt. Es mangelt nicht an leerstehenden Räumen. Gewerblich genutzten Räumen. Vor allem. Aber alles. Was er sah. War zu groß. Oder zu klein. Oder zu weit weg. Zu heruntergekommen. Zu teuer. Zu abgelegen von der Straße. Hatte keine Küche. Keine ausreichenden Toiletten. Keine Parkplätze. Nichts. Was gepaßt hätte. Er schaute in die Immobilienanzeigen. Er gab sogar eine solche auf. Er gab auf. Fast. Immer wieder lief er durch neue Straßen. Die er noch nicht gesehen hatte. Auf seiner Suche. Kein Bekannter. Der ihn traf. Den er gesehen hätte. Obwohl doch noch einige. Die erkannte. Hier wohnen mußten.

Nach fünf Wochen der Suche. Die ihn von der Bibliothek. Der Blassen. Von den Büchern. Abgehalten hat. Stieß er plötzlich auf etwas. Was geeignet schien. Ein kleines Grundstück einer früheren Holzhandlung. Die Holzstapel lagerten und lungerten zum Teil noch. Auf dem Hof herum. In der Scheune konnte man die Säge ahnen. Er meinte, den Namen von früher zu kennen: Holz Hausen. Wie Holzhausen. Der Geruch von Holz. Halbwegs frischem Holz. Obwohl hier seit Jahren kein Holz mehr gesägt war. Er traf den Eigentümer. Der wollte verkaufen. Nicht vermieten. Er führte ihn aber dennoch auf dem

Gelände herum. Und vor allem im Haus. Dort gab es keine Kantine. Wäre für die wenigen Mitarbeiter übertrieben gewesen. Aber dennoch eine große Küche. Der Familie, die hier wohnte. Des Eigentümers. Inzwischen war er allein. Übrig geblieben. Daneben lag der Bürobereich. Gar nicht so klein. Das könnte für den Gastraum genügen. Er ließ sich die Pläne zeigen. Überlegte schon. Wo was untergebracht werden könnte. Parkplätze gab es nicht viele. Aber wohl ausreichend. Da der Betrieb für seine Kunden. Und auch für Holz, das nicht mehr kam, Plätze vorhalten mußte. Das Grundstück lag in einer kleineren Straße. Von der Hauptstraße nicht gut einsehbar. Schlecht unter Reklamegesichtspunkten. Aber vielleicht könnte man durch ein großes Schild den Nachteil ausgleichen. Eine Werbetafel. Dem Stil des Hauses angemessen. Mit dem Namen. Und bunt. Oder anders.

Die Entscheidung.

Er nahm eine Kopie der Pläne mit nach Hause. Dort überlegte er. Wie das Ganze aussehen könnte. Wohl. Noch sprach er. Zu niemandem. Wollte erst einmal halbwegs sicher sein.

Ich habe etwas. Gefunden. Sprach er zu den anderen. Als sie sich erneut versammelt hatten. In Heikes Kneipe. Er holte die Pläne. Die Kopien. Aus der Tasche. Und zeigte es ihnen. Was er sich. Wie er es sich vorgestellt hatte. Wo was zu stehen hätte. Wie der Ablauf aussehen könnte. Wo die Theke. Wo die anderen Dinge stehen könnten. Lorenz hörte interessiert zu. Der andere auch. Aber anders. Wie Heike. Auch Heike hörte. Nicht so richtig hin. Wie der andere. Lorenz auch. Sah es als gute Möglichkeit an, es zumindest einmal vor Ort anzusehen. Gedanklich. Vor Ort die Möbel hinzustellen. Was ist mit Dir. Heike. Und Dir. Heike zögerte. Der andere Lorenz auch. Er spürte. Daß sie sich dieses noch nicht vorstellen konnten. Oder nicht wollten. Oder war es. Zu groß.

Gut. Dann am Freitag. 2 Uhr. Holz Hausen. Georgstraße. Ja. Ist nicht lang. Heike roch es. Das Holz. Das schon lange weg in einer Wohnung. Unter einem Dach war. Als Balken. Als Latte. Als Möbel. Stück grob gearbeitet. Feines Holz war hier nie gehandelt worden. Aber für rustikale Möbel wäre es ausreichend gewesen. Oder für Zimmerleute.

Das spricht mich an. Mit mir. Zu mir. Das ist etwas Besonderes. Findet man nie. Sonst. Hier könnte ich es mir vorstellen. Und Du. Der andere Lorenz. Er war überrascht. Wollte sich nicht äußern. Gegenüber den anderen. Lorenz war berührt. Von dem kleinen Stück. Land abseits. Nicht schön. Auch tagsüber nicht schön. Vielleicht abends. Aber das Holz. Die Stapel. Der Geruch. Die Scheune. Die Sägespäne. Auf dem Boden. Auf dem Weg. Sie führten. Zur Säge hin. Bestimmt. Oder wo die Säge gestanden hatte. Alle ihre Opfer gestanden hatten. Dort. Die Tür gab nicht nach. Abgeschlossen. War sie. Vielleicht. Oder klemmte. Er konnte nicht öffnen. Wäre gerne. Aber es ging nicht. Schaute. Durchs Fenster. Spiegelte. Dennoch. Sah er ein wenig. Vom Innern der Scheune. Keine Säge. Die stand woanders. Vielleicht.

Da unten die Kühlung. Das geht bestimmt. Die Bierleitung. Kann lang genug sein. Wenn wir Bier ausschenken wie Wein. Im Winter. Oder auch im Sommer. Und hier können die Krüge. Stehen wie die Gläser. Die Römer und Humpen. Egal. Was wir machen. Wie groß. Ist das Ganze. Der Gastraum. Die Küche. Die Theke. Vorratsraum. Wo sind die. Toiletten sind wichtig. Die Idee kam. Jeder von ihnen konnte sich vorstellen wie es aussehen würde. Aussehen könnte. Wenn es. Umgesetzt wäre. Auch der andere Lorenz. Fing an. Sich vorzustellen. Es.

Der Eigentümer ging raus. Zu seinem Auto. Seinem Anhänger. Etwas suchen. Sie waren allein. Sie schwiegen. Nicht laut. Einfach so. Beeindruckt. Waren sie. Wohl alle. Hätten nicht gedacht. Daß ein Objekt so viel Phantasie bei ihnen wecken würde. Obwohl es ein einfaches war. Wirklich. Weißrote Decken. Karo. Nicht Kaffee. Du Blödel.

Muster. Das könnt ich mir hier gut vorstellen. Und im Sommer. Könnte man auch gut draußen sitzen. Wenn das geht. Mit den Anwohnern. Den Behörden. Und so. Und den Parkplätzen. Ja. Und den. Und eine Hecke. Wär auch nicht schlecht. Müßte man. Ja. Kann man machen. Ganz sicher.

Was heißt das jetzt. Was will der Eigentümer denn für das Ganze hier haben. Wäre im Budget drin. Und Nebenkosten. Ja. Was käme noch dazu. Für die Erstausstattung. Die Küche. Müßte man erneuern. Nicht alles. Aber einige Dinge. Müßten wir neu anschaffen. Kühlschränke. Mikrowelle. Und einiges mehr. Die Basis ist durchaus vorhanden. Tische auch. Stühle. Das kann man stehen lassen. Aber da müssen wir doch einiges kaufen. Wie die Theke. Auch.

Die Toiletten sind groß. Genug. Aber da muß man doch einiges machen.

Unter dem Strich. Keine Ahnung. Das müßte man mal. Durchrechnen geht schon. Habe ich aber noch nicht. Vielleicht 30 tausend. Damit dürften wir hinkommen. Fürs Erste. Wenn der Laden läuft. Kann man noch mehr Geld in die Hand nehmen. Wieviele Plätze wären denn das hier. Ich denke. 15 Tische. Nicht zu groß. Aber so 4 bis 8. Ein großer mit 20. Das sind so hundert. Plätze draußen nicht mitgerechnet. Wenn es geht. Überhaupt. Das ist eigentlich zu wenig. Vielleicht können wir mehr Tische reinbringen. Mit 20 zu 7. Im Schnitt. Wären wir bei knapp 150. Das ist die untere Grenze. Wo es rentabel ist. Denke ich. Eng sitzen geht ganz gut in einer solchen Kneipe. Stimmt. Bestimmt.

Wir müssen aber entscheiden. Ob wir im Sommer und Winter eine andere Speisekarte haben. Der Raum ist zu klein. Um beides gleichzeitig zu machen. Pizza und Bratkartoffeln. Wir sprachen drüber. Ja.

Montaigne. 1581. 1851. Ja. Ja. Aber können wir nicht Holzhausen belassen. Das paßt zum Ort hier. Sehr gut. Das merkt jeder. Der hierhin kommt. Was hat Montaigne mit Holzspänen zu tun. War er eine Nervensäge. Wie. Du. Laß. Oder Holzhaus. Oder Holz Handlung Hausen. Oder. So. Holzofen. Ja. Auch das klingt gut. Gemütlich. Für Pizza wäre das auch gut. Geeignet. Gut Holz. Holz vor der Hütten. Laß das. Stimmt doch. Kann man doch sagen. Anwesende ausgenommen. Wie immer.

Gasthof Holz. Gasthof Hausen. Wirtshaus. Wirts Haus. Das klingt doch auch sympathisch. Vertraut. Aber das ist doch schon zu sehr festgelegt. Am Sägewerk. Frisch ans Sägewerk. Willste uns. Oder. Wie. Und wer weiß heute schon wer Montaigne gewesen ist. Ist doch gar nicht mehr bekannt. Wie Robin Wood.

Was sagen wir dem Eigentümer. Wenn er zurückkommt. Und fragt. Wir müssen es uns erst einmal überlegen. Ja. Sollten wir. Bevor wir eine Zusage machen. Müssen wir alles einmal durchkalkulieren. Geht schnell. Aber nicht heute. Morgen. Oder in den nächsten Tagen. Laß uns das so machen.

Heike. Nahm ihr Fahrrad. Schob es. Über die Späne. Zur Straße hin. Wollte einen Platten nicht riskieren. Die beiden Lorenzen. In ihrem Schlepptau. Schleppte sie.

Der Eigentümer schloß daraus. Daß sie nicht wollten. Wollte wegfahren. Er hielt ihn auf. Wir müssen das erst. In Ruhe setzen lassen. Ich war bisher der einzige. Der sich damit befaßt. Wir melden uns. Bestimmt. Wir haben Interesse. Aber es ist keine kleine Entscheidung. Gut. Wenn das so ist.

Heike traf sich am nächsten Tag mit Lorenz. Und dem anderen Lorenz. Ohne ihn. Sie wollte. Ohne Druck. Mit beiden über das Projekt sprechen. Wir sollten uns das gut überlegen. Begann sie. Als sie sich im Wohnheim trafen. In dem sie wohnte und auch der andere Lorenz. Wie verabredet. Gestern. Er weiß immer schon den nächsten Schritt. Während ich den Schritt davor noch nicht kenne. Noch nicht will. Noch nicht weiß. Ob ich will. Ja. Er ist ja auch schon. Es ist nicht nur eine Altersfrage. Aber auch. Denke ich. Wie siehst Du das. Fragte Heike. Den anderen Lorenz. Er war der einzige. Der bisher deutlich anderer Meinung war. Nicht generell. Aber in Einzelheiten. Zumindest. Ja. Wie soll ich das sehen. Mir geht es wie Dir. Denke ich. Das ist natürlich eine tolle Herausforderung. Und finanziell ginge es. Wenn er uns ein Darlehen gibt. Aber was passiert wenn es nicht funktioniert. Ich meine. Wenn die Kneipe nicht ankommt. Es gibt genügend Beispiele dafür. Auch wenn wir – er – gute Ideen haben. Das kann passieren. Gut möglich. Denke zwar nicht. Eher nicht. Aber wer weiß das schon.

Lorenz. Ja. Das geht uns allen so. Aber die Ideen sind gut. Finde ich. Bislang gibt es in der Stadt keine Kneipe mit ähnlichem Angebot. Ich meine attraktive Aufmachung. Gutes Essen. Günstige Preise. Ein echter Renner. Wenn es ankommt. Die Konkurrenz ist da gering. Ich habe mir das in den letzten Wochen angesehen. Es gibt sowieso nicht viele Gaststätten oder Kneipen in dieser Richtung. Ich meine von der Art her. Aber auch eher zentrumsnah. So zwischen Uni und Innenstadt. Habe mir alles angeschaut. Was so halbwegs in diesem Bereich liegt. Da gibt es wenig Konkurrenz. Billige Bierstuben. Ja. Oder auch ein paar Edelitaliener. Wie man so sagt. Aber nix. Was wäre wie wir. Wo Studenten. Wie wir. Hingehen würden. Mit beschränktem Geld. Und trotzdem nett. Egal ob Bratkartoffel oder Pizza. Oder Spaghetti. Deshalb finde ich die Idee gut. Daß wir auch weiterstudieren können. Das Risiko ist da. Aber begrenzt. Meine ich. Wenn ich etwas Geld dazuverdiene. Ist das gut. Ich wäre dabei. Aber Ihr seid zurückhaltend.

Ja. Weil ich nicht weiß was dabei herauskommt. Kann keiner genau sagen. Heike schaute. Auf den anderen Lorenz. Der andere. Ich weiß nicht. Die Ideen sind gut. Auch wenn ich andere Vorschläge gemacht habe. Habe mir das auch überlegt. Die letzten Wochen. Bin nicht von Kneipe zu Kneipe. Gefahren gibt es überall. Und Risiken. Da gibt es eine Marktlücke. Das glaube ich auch. Ich würde mitmachen. Und Du.

Heike. Wollte eigentlich. Nicht. Ja. Hatte sich das überlegt. Gut überlegt. Jetzt aber. Stand sie. Allein. Überlegte die Worte. Die sie sich überlegt. Hatte sich für dagegen entschieden. Jetzt aber. Stand und wankte. Sie. Auf die Lorenz. Und der andere Lorenz. Sonst hörten. Obwohl Lorenz ein Semester weiter war. Der andere Lorenz auch. Lorenz dafür. Der andere Lorenz auch. Er auch. Vielleicht war es doch keine schlechte Idee. Sie spürte. Die Augen der anderen. Druck. Den sie sonst nicht kannte. Seit langem zum ersten Mal. Damals war es auch so. Ähnlich. Aber anders. Sie war die einzige. Die zögerte. Dabei ging es nur um den Einbruch. In das Freibad. In der Nacht. Nichts Großes. Aber sie wollte nicht. Und ging auch nicht. Mit den anderen. Sie war plötzlich Außenseiter. Das hatte sie nie erlebt. Und wollte es auch nicht wieder haben. Auch wenn das jetzt etwas ganz anderes. War sie doch in einer ähnlichen Lage. Spürte es. Fühlte es. War sie. Ja. Aber wir müssen alles schriftlich vereinbaren. Das ist wichtig. Damit nicht später jeder etwas anderes gemeint hat. Verstanden hat. Alles schriftlich. Ist wichtig. Das heißt. Wir sind alle dabei. Oder. Ja. Sieht so aus.

Und er soll dabei sein. Oder. Was meint Ihr. Ohne ihn geht das Ganze nicht. Meine ich. Er hatte die Idee. Hat das Haus gefunden. Gibt das Geld. Als Darlehen. Da kommen wir nicht vorbei. An ihm. Liegt es. Aber nicht nur. Weil wir müssen. Ich denke. Es ist gut ihn dabeizuhaben. Er hat Erfahrung mit vielem. Was wir noch nicht kennen. Wissen. So wie er mit uns wegen unserer Jugend gerne zusammen ist. Das merkt man. Meine ich.

Dann sollten wir uns mit ihm treffen. In nächster Zeit. Um Nägel mit Köpfen zu machen. Wer spricht ihn an. Für Donnerstag Abend. Zum Beispiel.

Thomas. Wir haben auch noch mal unter uns dreien gesprochen. Dachte ich mir. Ja. Hättest Du Lust noch mal mit uns über das Thema zu sprechen. Ja. Klar. Wann. Donnerstag. Abend wie immer. Ort auch. Gut. Bis dann. Dann.

Dieses Mal kam er zu spät. Nicht. Weil er es wollte. Sondern weil er den Termin vergessen hatte. Erst spät. Als er zuhause war. Fiel es ihm wieder ein. So kam es. So kam er. Als alle anderen schon saßen. Ging er auf den Tisch zu. An dem die anderen auf Stühlen. Und Heike auf der Bank. Saßen. Heike saß auch. Lieber mit dem Rücken zur Wand. Wie er. Wie viele.

Schriftlich müssen wir alles machen. Sonst geht das nicht. Damit später alle von denselben Voraussetzungen ausgehen. Ja. Das ist gut. Und wir müssen den Finanzrahmen festlegen. Wo hast Du schon wieder einen solchen Ausdruck her. Nein. Ja. Ist gut. Das sollten wir tun. Und das Darlehen. Das Du ja geben willst. Das müssen wir auch genau festlegen. Du weißt ja. Daß wir da in nächster Zeit sowieso nichts rückzahlen können. Ja. Das ist mir klar. Ich habe aber auch keine Sorge. Weil ich glaube. Daß es funktionieren wird. Geschäftlich. Und auch mit Euch und mir. Ja. Das wollen wir hoffen. Geschäftlich. Meine ich. Aber auch menschlich. Ist natürlich wichtig. Bisher haben wir nur zusammen studiert. Heike. Lorenz. Und ich. Und Du. Und Hausarbeiten zusammen gemacht. Das hat geklappt. Oder auch nicht. Aber künftig ist das kein Spiel. Oder bloß Uni. Sondern richtig. Richtiges Leben. Richtiges Geld. Echte Pflichten. Ja. Das muß uns allen klar sein. Klar.

Was ist dann, wenn wir alle einig sind, der nächste Schritt. Wir müssen den Finanzrahmen erstellen. Und mit dem Eigentümer sprechen. Den Mietzins können wir vielleicht noch etwas drücken. Das größere Problem ist: Daß er einen 5-Jahresvertrag schließen will. Will die nächsten Jahre. Solange er lebt. Ruhe haben. Das wird noch schwierig. Weil wir das nicht können. Nicht zusagen können. Wir müssen eine Klausel finden. Für die ersten zwei Jahre. Wonach wir aussteigen können. Wenn es nicht läuft. Ohne daß wir noch große Verpflichtungen haben. Die Kosten für die Einrichtung müssen wir dann trotzdem tragen. Aber die könnten wir anderweitig verwerten. Das ginge. Zur Not. Aber beim Mietvertrag können wir keine großen Risiken eingehen. Völlig falsch. Wäre das. Da sind unsere Interessen ja auch ganz gleichgelagert. Wer ist bei dem nächsten Treffen mit dem Eigentümer dabei. Keine Freiwilligen.

Sie müssen mit dem Mietzins heruntergehen. Und die Laufzeit müssen wir etwas flexibler machen. Lorenz erschrak. Er setzte den Vermieter gleich unter Druck. Brachte ihn in die Defensive. Wenn Sie das hier überhaupt vermieten wollen. Viele Interessenten werden Sie nicht finden. Außer mir. Uns. Gemach. Ich habe Ihnen die Konditionen gleich gesagt. Da gibt es nichts zu verhandeln. Wenn das so. Ist Ihr letztes Wort. Dann gibt es hier in der Tat nichts mehr zu besprechen. Wir haben es durchgeplant. Und durchgerechnet. Bei diesen Bedingungen ist das Objekt für uns leider völlig uninteressant. Langjährige Verpflichtungen geht keiner ein. Der ein neues Geschäft aufmacht. Oder eine Kneipe. Oder sonst was. Da werden Sie auch bei anderen nicht mehr erreichen. Was gefällt Ihnen an der Miete nicht. Das Geld. Das wir zahlen sollen. Es ist zu hoch. Wir müssen hier. Abgelegen von der Stadt. Leute finden, die essen und trinken sollen. Und wollen. Wenn die Kosten zu hoch, sind sie nicht zu finden. Das ist doch ganz klar. Und einfach. Ich könnte mir einen kleinen Nachlaß vorstellen. Auf die 1.500. Aber keine Lockerung der Bindung in den 5 Jahren. Ohne das wird es aber nicht funktionieren. Was wir anbieten können. Nach den 2 Jahren geht die Miete auf die 1.500 hoch. Und wir können im Vertrag beschreiben, daß der Ausstieg nur geht, wenn die Kneipe nicht läuft. Wir wollen den Ausstieg für den Vertrag. Aber nicht in Wirklichkeit. Darüber muß ich noch nachdenken wie Sie. Letztes Mal. Ja. Das verstehen wir. Müssen wir. Sie sagen uns Bescheid. Wem. Mir. Am besten. Lorenz. Ja.

Und wer der Mieter ist. Das muß geklärt werden. Ja. Das müssen wir vier noch klären. Wichtig ist aber, daß Sie dabei sind. Und einen Vermögensnachweis beibringen. Sonst läuft da gar nichts. Ja. Können wir nachvollziehen. Denke ich. Lorenz. Ja.

Er brachte Lorenz zur Uni. Weil es regnete. War nicht mit dem Fahrrad gekommen. Er parkte. Lorenz stieg aus. Und Du. Was. Was machst Du. Wolltest Du nicht auch zur Uni. Ja. Weiß ich nicht. Ich muß noch mal. Wir sehen uns. Tschüß. Er fuhr. Wußte nicht. Wußte aber doch. Daß er nach Hause wollte. So ungefähr. War sein Gefühl. Er wollte planen. Jetzt wo es klar war. Weitgehend klar. Klarer. Eher an Formalitäten hing. Doch nicht mehr in der Schwebe. Er setzte sich an den Küchentisch. Dort frühstückte er. Wenn er früh stückte. Aber sonst saß er nie dort. Hat nie gesessen. Dort nie. Nur zum Essen. Früh. Nicht spät. Aber der Tisch war groß. Er brauchte jetzt Platz. Wollte alles auf einen Blick. Sehen, wie es weiterging. Gehen mußte. Er machte einen Plan. Übersicht. Kein PC. Kein Excel. Sondern Papier. Wie man es damals machte. Viele Spalten. Zierten das Papier. Und Zeilen. Und Farben. Für die vier. Uns vier. Und die anderen. Koch. Und andere. Die man brauchte. Brauchen würde. Würde brauchen müssen. Können. Von einem Termin x ausgehend. Das wäre der Tag, an dem das Objekt übernommen würde. Von dem Eigentümer mit den Spänen. Holzspänen. Auf dem Weg. Unter den Reifen. Und von da an würden alle Tage gerechnet. Als x plus irgendwas. Oder vielleicht auch mal x minus. Aber das ist schwierig. Geht eigentlich gar nicht. Erst wenn x klar ist. Und dann ist x minus wohl schon vorbei. Geht also gar nicht. Aber mußte sein. Das brauchte er jetzt manchmal. Dann muß man x eben annehmen. In Gedanken. Er saß die ganze Nacht. Hörte dazu Radio. Ab Mitternacht das Nachtkonzert. Vorher ausländische Sender. Ab Mitternacht konnte man auch ruhig mal umschalten. Er schlief ein. Trotzdem. Mal kurz. Für Sekunden. Sagt man. Dabei weiß man selbst gar nicht. Ob es Sekunden waren. Oder Stunden. Gegen 3 Uhr hörte er auf. Fertig. War er nicht. Aber er konnte nicht mehr richtig. Denken. Geradeaus schauen. Und geradeaus denken. Dann muß man aufhören. Dachte er.

Nach dem Kaffee brach er auf. Kein Brot. Nichts. Hätte er im Hause gehabt. Wollte er aber nicht. Der Kaffee genügte. Die Bücher hatte er schnell wieder am Platz. Nach der Vorlesung dachte er an andere Dinge. Die ihn mehr berührten. Das Projekt mit den dreien. Vor allem mit Heike. Wieso. Heike. Genauso Lorenz. Und so. Aber Heike. Es war das erste Mal. Hatte er es vorher nicht gemerkt. Dabei deutete doch vieles darauf hin. Vieles. Was auch er selbst nicht vor sich verbergen konnte. Hätte verbergen können. War er deshalb unruhig gewesen in der letzten Zeit. 12 Jahre. War seine Frau nun tot. Vor 12 Jahren. Es war eine schlimme Zeit. Danach. Mit Arbeit. Viel Arbeit. Hatte er sich abgelenkt. Von ihrem Tod. Von der Leere. Ohne sie. Die sie hinterließ. Hinterbliebene. Das war vor allem die Leere. Das Loch. Nachhausekommen. Und keiner ist da. Ist normal. Nachhausekommen. Und keiner ist da. Ist unglaublich. Brutal. Äußerlich ist alles gleich. Nichts. Heike war. Anders als seine Frau. Völlig. Vielleicht das Gegenteil. Würden einige sagen. Oder denken. Heike war. Eher klein. Und groß. Gegenüber Lorenz und dem anderen. Sie bestimmte eher. Aber nicht so direkt. Auch nicht unangenehm. Wenn man sich daran gewöhnt hat. Das Natürliche an ihr. Gefiel ihm. Von Anfang an. Nicht geschminkt. Und was war jetzt. Mit Heike. Machte er alles jetzt. Wegen Heike. Der Gedanke. Ließ ihn nicht wieder los. Über 40 Jahre. War er älter. Als sie. 45 Jahre. Ein ganzes Leben. Fast 50 Jahre. Wohl. Er schob den Gedanken. Zur Seite. Weg. Er wollte mit den anderen jetzt. Natürlich auch mit Heike. Aber den anderen. Insgesamt. Die Kneipe organisieren. Mehr nicht. Vor allem nicht. Das paßte ihm nicht. Gar nicht. Wie hätte er sich so täuschen können. In sich.

Er ging nicht zur Cafeteria. Wollte niemanden sehen. Er kannte aber auch niemanden. Keine Gefahr. Heike war auf dem Weg zur Bibliothek. Nicht zu sehen. Auch die Lorenzen. Nicht. Die Bücher. Schützten ihn. Nur einmal war Heike hier gewesen. In der Bibliothek. Natürlich würde sie. Nicht wiederkommen. Wozu auch. Was würde er machen. Wenn. Ja. Wenn. Aber das schloß er aus. Wäre ganz unwahrscheinlich. Warum schloß er es aus. Was hätte er dagegen gehabt. Wußte es nicht. War so ein Gefühl. Vom Gefühl. Mehr nicht. Mehr gab es nicht. Zu sagen. Zu denken.

Heute las er. Viel. Zu wenig. Er kam nicht weiter. Wußte auch nicht. Was er lesen sollte. Wollte. Gar nichts.

In der Cafeteria. Petra hatte Dienst. Er holte sich einen Tee. Nicht aus dem Automaten. Direkt von Petra. War besser. Als der andere Tee. Im Automaten. Kaffee war nichts für ihn. Heute. Gab es nur aus dem Automaten. Sonst nicht. Und einen Süßstoffriegel. Oder so. sonst nichts.

Er wollte sich setzen. Ein Tisch war frei. Neben anderen auch. Dann erschrak er. Was. Wenn. Nein. Das wollte er nicht. Ging sofort weiter. Er packte zusammen. Im Auto. An der Ampel. Dachte er an die Kneipe. Fuhr noch mal hin. Das Gelände war naß. Es regnete. Die Späne waren weggeschwemmt. Vom vielen Wasser. Er stieg nicht aus. Ließ nur das Fenster herunter. Des Wagens. Roch. Nichts. Heute kam kein Geruch. Von gesägtem Holz herüber. Es roch anders. Er konnte es nicht genauer sagen. Es regnete.

Zuhause. Er schaute sich das Ergebnis der Nacht an. Die Pläne. Den Plan. Die Papiere. Das hatte ihn so viel Zeit gekostet. So wenig. Für so wenig. Hat er die halbe Nacht gearbeitet. Ja. So ist es wohl. Er nahm ein Blatt. Papier. Und begann zu schreiben. Vertrag. Oder ist es Vereinbarung. Er schrieb einige Zeilen. Dann zuckte er zusammen. Er wußte nicht. Wie Heike. Und Lorenz. Und der andere. So heißen. Das müßte man später. Nachtragen. Das ginge wohl. Den Mietzins auch. Die Laufzeit schrieb er auf. Mit der Klausel zum Ausstieg in den ersten zwei Jahren. Das muß er akzeptieren. Der Holzsäger. Der Eigentümer. Der Vermieter. Er hatte bislang nicht nach den anderen Kosten gefragt. Heizung. Wasser und so. Das würde bei einer Kneipe nicht in dem Mietzins enthalten sein. Diese Kosten hatte er nicht berücksichtigt. Mußte den Plan noch ergänzen. Das würde aber die Idee nicht verändern.

Er schaute im Telefonbuch. Welche Behörde für die Gaststättenerlaubnis zuständig ist. Ging am nächsten Morgen dort hin. Mit den Plänen. Er brauchte nur eine Stunde. Warten. Die Beamtin hörte sich die Geschichte an. Die sie jeden Tag. Mehrfach hört. So oder ähnlich. Mit tollen Ideen. Begeisterung. Geld. Und Elan. Am Anfang. Sie lächelte. In Ihrem Alter. Ja. Sie sehen nicht danach aus. Daß Sie das nötig haben. Ich kenne ja alle Gastwirte. Des Ortes und der Umgebung. Dazu gehören Sie bislang nicht. Ja. Nein. Mit mir werden noch jüngere Leute die Sache machen. Die können aber heute nicht. Ich bin vertretend hier. Stell-Vertretend. Ist gut. Sie müssen einen Antrag gemäß Formular stellen. Das wissen Sie. Vermutlich. Ja. Wir werden das Objekt dann besichtigen. Ist erforderlich. Anders geht es nicht. Ja. Klar.

Sie schlossen den Mietvertrag. Der Tag x nahte. Man hatte ihn auf den 1. gesetzt. Den ersten des Juli. Kurz vor Ende des Semesters. Da sollten sie das Objekt übernehmen. Von Umzug konnte keine Rede sein. Da sie bislang keine Kneipe hatten. War alles neu. Was sie im Objekt vorfanden. Und den Rest beschafften sie möglichst billig dazu. Der Eigentümer gab ihnen die Schlüssel. Am Morgen des 1. Juli. Den sie alle schwänzten. War kein Problem. Aber komisch war es schon. Heute lagen auch wieder die Späne auf dem Weg. Die der Regen weggeschwemmt. Unter den Reifen. Der Fahrräder und Autos. Und es roch nach Sägen und Spänen. Und nach Land und Luft. Und nach Sonne und Wärme.

Sie fegten die Späne aus den Räumen. Es war ein großer Haufen. Der Regen war dort nicht gewesen. Jetzt konnte es losgehen. Die Planung war straff. Alle wußten was jetzt zu tun. Das Fegen dauerte. Ziemlich lang. Nahm viel Zeit in Anspruch. Die Räume waren doch größer als gedacht.

Ist auch gut so. Muß ja für eine Kneipe reichen. Dachte Lorenz. Sie hatten das Gelände mit der Scheune und dem Fahrweg gemietet. Der eigentlich ein Rasenweg war. Auf dem Späne lagen. Wenn sie lagen. Sonst nicht. Und auch zwei Obstbäume. Standen dort herum. Niemand hatte sie gefragt. Gehörten zum Mietobjekt dazu. Dort könnte man. Wenn man wollte. Dann im Sommer. Einen Biergarten einrichten. Wenn die Nachbarn damit einverstanden. Wären sie. Wenn es nicht zu lang. Und nicht zu laut zugänge. Muß man sehen. Sagte er. Die Kneipe ist ja auch schon groß. Wir müssen die Biere dann überall hintragen. Auch in den Garten. Das ist viel Arbeit. Daher erst mal ohne Biergarten planen. Meine ich. Gut. Du hast es ja kalkuliert. Wenns paßt.

Niemand hatte bislang in die Scheune gesehen. Dabei wußten sie auch gar nicht, ob es wirklich eine Scheune ist. Nur einen Blick hineinwerfen. Der Wurf ging aber nicht. Tief hinein. Kam sofort wieder zurück. Der Blick. So wußte niemand, was dort war. Wirklich. Lorenz holte sich. Die Schlüssel hatte Thomas. Wie alles. Wissen und Sachen. Immer er. Dachte der andere Lorenz. Ihm war es ja ganz recht. Er drehte den Schlüssel. Im Schloß. Es knarrte. Das Schloß. Und die Tür. Als er sie öffnete. Öffnen wollte. Es gab da einen Widerstand. Immer deutlicher. Lag wohl daran, dass der Weg zugewachsen war. Aber der Eigentümer hatte doch eigentlich täglich die Tür geöffnet. Merkwürdig. Ja. Er kam dazu. Half Lorenz beim Öffnen. Die Tür ließ es mit sich machen. Dann doch. Dunkel. Das war es. Was in der Scheune war. Ein großes Dunkel. Mit der Tür kam auch Licht hinein. Erst schüchtern. Aber dann breitete es sich immer mehr aus. Kaum zu sehen. Was dort stand. Stand dort was. Kaum zu sehen. Ein altes Auto. Wohl. Sah so aus. Wohl nicht mehr fahrbereit. Aber nicht alt genug für einen alten Wagen. Von einer Säge war nichts zu sehen. In der Scheune. Bei dem scheuen Licht. Das sich sofort wieder zurückzog. Kaum war es in der Scheune. Einen Pferdewagen. Sahen sie dann doch noch. Als sie die Tür. Wieder schließen wollten. Eine Kutsche. Ja. Kann man in den Garten stellen. Biergarten. Das zieht Leute an. Die wollen so etwas sehen.

Nun gingen sie in den Keller. Den sie auch noch nicht näher angesehen hatten. Ein Heizungsraum. Groß genug für die Räume. Mit Öl. Zum Heizen. Ein Raum für eine Waschmaschine. Und viel leerer Raum. Sie brauchten nun auch einen Kühlraum. Das hatten sie. Auch er. Nicht bedacht. Noch eine Lücke. Die das Budget bekam. Das mußten sie jetzt unbedingt angehen. Das war wichtig. Für ein kühles Bier. Und einen Wein. Und auch für die Speisen.

Es riecht irgendwie. Komisch. Meinte Heike. Als erste. Sie sagte es. So direkt. So überraschend. Dabei hatte es jeder. Eigentlich bemerkt. Unbewußt. Jetzt aber anders. Bewußt. Von Heike. Ja. Komisch. Bei der Besichtigung war es anders. Es roch. Nach. Holz. Denke ich. Ja. Die vielen Späne. Frisch. Riechen gut. Wie draußen auf dem Weg. Aber wir haben keine Säge gefunden. Auch in der Scheune nicht. Und als ich vor einigen Tagen hier war. Da hat der Regen die Späne draußen weggeschwemmt. Aber heute. Da lagen sie wieder. Da. Am richtigen Platz. Unter den Rädern. Der Autos auf dem Weg. Es roch wieder gut. Vielleicht hat der Vermieter. Was Vermieter gerne machen. Und Makler auch. Bei einem Wohnhaus. Ein Apfelkuchen wird gebacken. Im Haus. Im Ofen. Das hilft immer. Auch wenn es einen merkwürdigen Geruch hat. Das Haus. Der Kuchen macht alles gut. Für die Dauer. Des Backens und kurz danach. Und danach. Ist alles wieder alt. Wie zuvor. Du meinst. Wär ja möglich. Die Späne. Der Geruch der Späne. Hat wohl uns alle. Überrumpelt. Könnt ich mir vorstellen. Wird er denn noch schlimmer. Hier. Wer weiß. Müssen wir abwarten. Wenn es zu schlimm wird. Müssen wir sehen. Apfelkuchen. Späne. Oder Mangel der Mietsache. Sagt man so. Im Mietrecht. Oder Pacht. Wir mieten ja alles mit. Bist wohl Jurist. Oder. Eher oder.

Die Stühle und Tische. Stehen schon am richtigen Platz. Was wir jetzt brauchen sind mehr davon. Ich habe auch schon eine Quelle gefunden. Aus welcher Tische sprudeln. Und Stühle. Na klar. In einem alten Vereinshaus. Das jetzt aufgelöst wird. Dort finden wir so ziemlich alles. Was wir brauchen. Ich habe da schon mal. Nachgefragt sind die nicht sehr. Wir können noch wählen. Ziemlich frei. Wir sollten dort mal hinfahren. Wenigstens zwei von uns. Die dann freie Hand haben. Für maximal 500 Euro. Zusammen. Vielleicht gibt es dort auch Kühlschränke. Und so.

Aber jetzt müssen wir uns entscheiden. Was wir konkret wollen. Landgasthof. Oder italienisch. Für die Stühle noch nicht. Aber für das Dekor. Na ja. Und für das Schild. Die Werbung. Das sollten wir dann heute. Oder morgen entscheiden. Wir haben ja schon oft darüber gesprochen.

Ohne Ergebnis. Das müssen wir jetzt anders machen. Er schlug vor. Mit Heike zu dem Verein. Zu dem Haus des Vereins. Zu fahren. Und dort einzukaufen. Stühle. Und was sonst nicht niet- und nagelfest. Lorenz. Und der andere Lorenz. Wollten. Sollten weiter aufräumen. Und einmal durchwischen. So war die Idee. Damit der Ausgangspunkt klar war. Künftig würden sie natürlich Hilfspersonen haben. Für solche Tätigkeiten. Das sollten nicht sie selbst machen.

Als er einbog in die Gasse. In der das Vereinshaus. Herumstand wie selbstverständlich. Dabei hätte es wissen können. Und müssen. Daß es zur Plünderung freigegeben war. Da. Als er einbog. Schrammte er vorne. An der Hauswand entlang. Nicht vom Verein. Das Haus eines anderen. Da war aber nicht viel passiert. Mehr an dem Auto. War dran. War ab. Es gab eine Beule. Vorne. Aber nicht bei Heike. Auch nicht bei ihm. Beim Auto nur war es. Er stieg aus. Nicht so schlimm. Ist gar nichts. Und fuhr wieder an. Stieg ein und gab Gas. Ein wenig. Die Straße war eng. Auch hinter der Stelle. Wo er das Haus gestreift hatte. Gestreichelt. Im Grunde. Mehr nicht. War nichts. Gar nichts. Heike nickte. Kaum merklich. Sah sie hin. Verstohlen. Sagt man wohl. Die Straße. Blieb eng. Und wußte von nichts. Gar nichts. Da hinten. Das Vereinshaus. Man konnte es sehen. Wenn man sich Mühe gab. Mußte man. Sie wollten ja hin. Es kam gerade jemand. Aus dem Haus heraus. Sie hatten Glück. Denn er hätte auch nicht herauskommen können. Ging auch anders. Wir haben telefoniert. Weiß nicht. Ja. Können Sie auch nicht. Man sieht ja schlecht. Durchs Telefon. Stimmt. Wegen der Stühle. Und so. Ja. Wenn Sie Interesse haben. Schauen Sie im Haus. Was Sie brauchen können. Viel. Vielleicht. Die Preise stehen nicht dran. Die sage ich Ihnen. Dann. Wenn Sie wollen. Oder auch nicht. Nicht wollen. Geht auch. Heike ging hinein. Die Tür stand noch offen. Auch hier roch es. Komisch. Merkwürdig. Riechen Häuser so. Sie wußte es nicht. War noch nie. In einem gewesen. Heute. Zum ersten Mal. Riechst Du. Ja. Ich auch. Komisch. Woher kommt das. Schlechte Lüftung. Bestimmt.

Der Stuhl. Könnte mir gefallen. Mit dem Tisch. Und bunten Bezügen. Nicht Landgasthof. Bunt. Wir müssen das wirklich bald entscheiden. Heute. Morgen. Wer weiß. Die Stühle sollten wir aber heute schon festmachen. Wenn wir wollen. Und Tische auch. Die verschwinden sonst. An jemanden. Anderen. Die Stühle waren wie die Tische. Ganz ähnlich. Fast wie ein Ei dem anderen. Glichen. 60 Stück. Also ein Schock. Nahmen sie gleich in Beschlag. Und 15 Tische. Das paßt. So ungefähr. Zahlenmäßig. Verhältnis. Mäßig. Wie bringen wir das nach Hause. Da brauchen wir einen großen Wagen. Sie beschlag nahmten auch andere Dinge. Garderoben. Gardinenstangen. Zwei Kühlschränke. Und viel Glas. Ging nicht zu Bruch. Nahmen sie gleich im Auto mit. Nachdem er bezahlt hatte. Für alles. Für sein Leben. 350 Euro. Für die Tische und Stühle und alles Zeug. Auch das Glas. Die Leute vom Verein waren froh das Zeug los zu werden. Dachte er. Für das Zeug bräuchten sie einen Lieferwagen. Das könnten sie heute nicht schon mitnehmen. Aber jetzt wüßten sie schon. Wie die Stühle und so aussehen würden. Machten ein Foto. Das ist für die Entscheidung wichtig. Meinte er.

Zu sich. Und Heike hörte es. Auch. Und nahm es für sich an.

Wir haben Glas mitgebracht. Bringt keine Scherben. Aber Glück. Wir können Euch auch zeigen wie die Stühle aussehen. Und Tische. Heike hat ein Foto. Aufgenommen in dem Vereinshaus. Im Saal vom Haus. In dem wir waren. Paßt ganz gut zu dem was hier schon rumsteht. Was wir gemietet haben. Wir müssen nur aufpassen daß die Dinge nicht vermischt werden. Ohne daß wir genau wissen was von den Möbeln gemietet und was gekauft ist. Von uns. Wir müssen uns ein Kennzeichen ausdenken. Und anbringen. An allem was uns gehört.

Zu den Stühlen paßt Landgasthof. Und zu den Tischen auch. Besser als italienisch. Das müssen wir endlich entscheiden. Wir sollten darüber abstimmen. Finde ich. Geredet haben wir. Genug. Es schienen alle einverstanden. Alle. Das ist selten. Bei vieren eher mal. Also. Wir müssen erst einmal überdenken wie wir abstimmen. Denn es gibt doch mehrere Ideen. Die müssen wir nacheinander abarbeiten. Ich schlage vor daß wir zunächst abstimmen. Ob es einen generellen Wechsel zwischen Sommer und Winter geben soll. Mit jeweils unterschiedlichem Namen, unterschiedlicher Ausrichtung, auch ganz unterschiedlichen Speisen und so. Ist wohl der weitestgehende Antrag. Denke ich.

Wer dafür ist. Sollte jetzt bitte das Handzeichen geben. Er schaute in die Runde. Die kleine. Können viere eine Runde sein. Etwas das rund ist. Geht doch bei vieren eigentlich nicht. War aber nicht so wichtig. Also. Wer dafür ist das Handzeichen. Lorenz hob die Hand. Der andere Lorenz hob die Hand. Dann wurden die Arme still. Im letzten Augenblick meldete sich der Arm von Heike. Und erhob sich. Er hob sich. Ist das ein Abstimmungszeichen wollte er wissen. Heike bejahte. Also. Dann sind 3 Stimmen dafür. Dann brauche ich ja nicht mehr abzustimmen. Die Mehrheit ist gegeben. Dann müssen wir noch abstimmen was wir im Winter und Sommer machen wollen. Name, Richtung, Stil und so weiter. Ist das richtig. Ja. Gut. Dann müssen wir jetzt wohl inhaltliche Vorschläge zur Abstimmung bringen. Wir können im Paket abstimmen. D.h. immer Sommer und Winter zusammen. Gegen Sommer und Winter zusammen. Hat Vorteile. Hat Nachteile. Wie das immer so ist. Hat denn jemand einen Paketvorschlag. Überhaupt. Wenn nicht macht das wenig Sinn. Darüber abzustimmen. Was es nicht gibt. Lorenz wollte etwas sagen. Dachte er. Sein Mund wußte es aber nicht. Wußte nicht was es sein sollte. Dann schoß es aus ihm heraus. Für den Sommer habe ich einen Vorschlag. Das wißt Ihr ja. Ich bin für bunt. Laut. Lustig. Italien. Kurz gesagt. Also Spaghetti. Und Pizza. Ja. Das wußten wir. Denke ich. Hast Du auch für den Winter einen Vorschlag. Was wir da machen sollen. Mit der Kneipe meine ich. Lorenz wurde still. Er war immer still. Jetzt aber besonders. Nein. Sagte er nur. Das wißt Ihr ja. Hat denn sonst jemand einen Paketvorschlag. Wollte er wissen. Von den anderen. Es rührte sich keine Hand. Keine Stimme. Na, dann sollten wir nicht im Paket abstimmen. Sondern getrennt. Nach Sommer und Winter. Einverstanden. Ja. Schon gut. Einen Vorschlag für den Sommer haben wir ja schon. Noch etwas anderes für den Sommer. Bitte. Allen war klar. Daß sich für den Sommer kein anderer Vorschlag fand. Wäre ja sonst schon längst gesagt worden. Vor Wochen als man zusammensaß. Oder später. Wurde aber nicht gesagt. Nicht formuliert. Gar nichts. Ja. Heißt das daß wir keinen anderen Vorschlag haben. Scheint so. Dann brauchen wir fast nicht abzustimmen. Doch. Damit man nicht später sagen kann, das wurde nie beschlossen. Stimmt. Also. Wer ist für den Vorschlag. Von Lorenz. Mit Italien und so. Lorenz zögerte. Wollte nicht zu schnell für den eigenen Vorschlag stimmen. Der andere Lorenz erhob ebenfalls den Arm. Zum Zeichen. Des Zeichens. Auch hier schaute er in die Runde. Auf Heike. Die ihren Arm hob. Gut. Dann haben wir wohl wieder 3 Stimmen. Der Sommer ist dann also erledigt. Ich meine. Wir wissen jetzt was wir im Sommer machen.

Der Winter bleibt noch offen. Vorschläge. Es blieb ruhig. Keine Hand rührte sich. Keine Zunge. Na. Dann sage ich mal was Ihr alle wißt. Mein Vorschlag für den Winter ist. Was Ihr Euch denken könnt. Bratkartoffeln mit allem möglichen. Schnitzel. Steak. Spiegelei. Und so. Auf Landgasthof. Gemacht. Andere Vorschläge. Bitte. Es blieb still. Auch hierüber sollten wir abstimmen. Das wurde ja schon gesagt. Mit Begründung. Wer ist für den Landgasthof. Der hebe den Arm. Jetzt. Wieder 3 Arme. Wieder Lorenz. Heike. Der andere Lorenz. Er auch. Oder. Da die 3 erreicht waren. Stimmt er auch dieses Mal nicht mit. Hielt es wie bei den ersten Abstimmungen.

Dann ist ja alles geklärt. Im Winter gibt es Landgasthof.

Wann ist denn der Wechsel. Das sollten wir auch klären. Ich schlage vor: 1. Oktober und 1. April. Das wären dann jeweils sechs Monate. Ja. Da brauchen wir nicht mehr abzustimmen. Doch. Laß uns das bitte machen. Wer ist für diesen Wechseltermin. Also gleich 3 Arme. Und ich bin natürlich auch dafür. Jetzt noch die spannende Frage. Nach dem Namen. Wir hatten ja schon mal darüber gesprochen. Ich meine Montaigne 1581 / 1851 war der Vorschlag. Richtig. Irgendwelche neuen Ideen. Hat jemand solche. Keine Stimme. Keine erhob sich. Dann sollten wir über den Vorschlag abstimmen. *Montaigne 1581* für den Winter und *Montaigne 1851* für den Sommer. Für Italien. Die Sonne. Und so. Können wir das im Paket machen. Ja. Also. Wer ist für diese Namen. Im Wechsel. Wieder waren 3 Arme oben. Und er hob seinen ebenfalls. Ja. Dann ist ja wirklich alles Wichtige geklärt.

Also frisch ans Werk. Wer entwickelt Ideen wie das genau aussehen kann. Und soll. Heike und ich. Das wäre mein Vorschlag. Wenn kein anderer kommt. Heike schaute überrascht. Er hatte sie schon zum Verein. Zum Vereinshaus mitgenommen. Nicht Lorenz und nicht den anderen Lorenz. Jetzt auch. Nicht. Ich meine Mann und Frau sind gut dafür. Sommer und Winter. Mann und Frau. Italien und Landgasthof. Das paßt irgendwie. Macht das ruhig. Es gibt ja genug Aufgaben.

Ich hätte fast das Wichtigste vergessen. Den Koch. Wir brauchen jetzt einen Koch. Bald. Irgendwelche Ideen. Wären willkommen. Nein. Ich auch nicht. Aber wir müssen. Geht nicht anders. Ich würde jetzt eine große Anzeige in der Regionalzeitung veröffentlichen. Das gehört zu den Einstandskosten. Haben wir ja auch kalkuliert. Wir sollten zum 1. suchen. Also zum nächsten 1. Das ist sehr kurzfristig. Aber als Ziel sollten wir es vorsehen.

Alle viere.

Heike kam in die Cafeteria. Mit einem Stapel Papieren. Wohl wieder eine Hausarbeit. Für die drei. Heike. Thomas. Ich habe die letzten Tage an dem Papier hier gearbeitet. Ja. Dachte ich mir schon. Hausarbeit. Mit Lorenz und so. Klar. Nein. Es ist für die Gaststätte. Ich habe Entwürfe gemacht. Für Ausstattung. Werbung. Schild. Dekoration. Und so. Thomas war überrascht. Und still. Still überrascht. Das hatte er nicht gedacht. Daß Heike. So. Ohne ihn. Er hatte ja auch schon. Entwürfe sich vorgestellt. Gedanken sich gemacht. Zeichnungen. Und so. Hatte sie Heike. Und den anderen. Aber nicht gezeigt. Noch nicht. Nun Heike. Was sollte er machen. Sagen. Es war. Still in ihm. Toll. Daß Du Dir so viel … Arbeit gemacht hast. Und Gedanken. Entwürfe. Zeig mal. Er war überrascht. Das was er sah. War gut. Ziemlich gut. Er konnte es beurteilen. Hatte ja beruflich mit so etwas zu tun. Gehabt. Eher indirekt. Aber trotzdem. Das ist gut. Denke ich.

Heike hatte für alles Ideen. Für die Tischdecken. Im Sommer. Und im Winter. Das Schild. Des Wirts Hauses. Des Wirtshauses. Die Wände. Die Servietten. Die Speisekarte. Lernt man das. In Geographie. Nein. Mehr sagte sie nicht. Dazu. Das war ihm bislang gar nicht aufgefallen. Heike war nicht aufgefallen. Durch solche Sachen. Mit solchen Sachen.

Der Lorenz kam. Dazu der andere Lorenz. Schau mal. Was Heike. So still und leise. Schon gemacht hat. Wie gefällt es Euch. Lorenz schaute. Er wußte nicht. Ob es ihm gefällt. War unklar. War ihm. Unklar. Der andere Lorenz. Etwas aktiver. Meinte. Das sei ganz schön. Aber so richtig könne er das nicht beurteilen. Stilsachen. Sind nicht mein Ding. Der Lorenz stimmte zu. Aber gut ist es wohl.

Dann versuchen wir es damit. Meinte Thomas. Wir müssen jemanden finden. Der die Entwürfe in echte Vorlagen für den Druck. Und für das Schild macht. Das wird schon einiges kosten. Oder kannste das auch. Heike. Heike verneinte. Aber hiermit haben wir schon einen guten Schritt. Sehr gut. Wir sollten uns das alle noch mal übers Wochenende ansehen. Meine ich. Es geht ja um Inhalt und Form. Auch inhaltlich muß das ja stimmen. Wobei wir die Speisen- und Getränkekarte auch noch aufstellen müssen. Bevor wir da etwas Endgültiges machen. Drucken lassen.

Ich fürchte dafür brauchen wir den Koch. Eine Anzeige habe ich schon aufgegeben. Aber viel ist da noch nicht gekommen. 2 oder 3. Rückmeldungen, sind Mangelware. Ich zeige Euch die Schreiben mal. Wenn wir sonst keinen wissen. Sollten wir einen von den Bewerbern nehmen. Einen anderen können wir zur Not dann später einstellen. Es wird sonst zu eng. Wenn wir jetzt zu lange warten, ist die Luft raus. Und das Finanzkonzept paßt nicht mehr.

Entscheide Du. Wir haben davon keine Ahnung. Und finanziell. Weißt Du ja auch am besten. Ja. Wenn Ihr wollt. Aber nicht. Daß jemand sich hinterher beklagt. Ich hätte alles an mich gerissen. Aber gut.

Jetzt müssen wir vor allem auch die Küche angehen. Das ist neben dem Koch auch wichtig. Was vorhanden ist, genügt nicht. Ich habe mal bei einem Anbieter von Gebrauchtgeräten nachgefragt. Aus Insolvenzen und so. Hängt aber nicht an den Geräten. Die Insolvenz. Meine ich. Wir brauchen eine große Kochinsel. Der Raum dafür ist da. Und eine Wand mit Kühlschränken und so'm Kram. Dürfte 25 Tausend kosten. Gebraucht. Zusammen. Aber das liegt ja in unserem Plan. Na gut. In meinem Plan. Aber Ihr habt ihn mitgetragen. Soll ich. Parallel zur Anheuerung des Kochs. Da Nägel mit Köpfen machen. Ja. Auf jeden Fall. Mach das.

Und wer macht sich Gedanken zur Gestaltung der Räume. Wir haben ja Sommer. Sind also in der Pizza-Pasta-Zeit. So haben wir es vereinbart. Muß also warm-cool aussehen. Italienisch. Und so. Wer traut sich – das zu. Lorenz und Heike. Waren sofort dabei. Der andere Lorenz. Nein. Das ist gut. Zwei von uns brauchen wir dafür. Einer kann es kaum hinkriegen. Und der andere Lorenz und ich. Wir machen die anderen Sachen. In Ordnung. Oder. Ja.

Hat noch jemand etwas. Was wir jetzt besprechen müssen. Nein. Na gut. Also nicht. Aber für mich ist wichtig noch mal den Zeitplan im Auge zu haben. Zentral ist der Koch. Und wann er anfangen kann. Und parallel müssen wir die Küche stehen haben. Das ist dann der Tag y. Und vorher müssen die Räumlichkeiten fertig sein. Und die Speisekarten usw. Und die Werbung muß massiv laufen. Dafür brauchen wir dann. Die Plakate. Das muß 4 Wochen vor dem Tag y laufen. Früher nicht. Meine ich. Aber in den

4 Wochen müssen wir die Studenten mit unserem Ding beschallen. Daß sie es alle auswendig aufsagen können. Und vier Wochen vor Tag y müssen wir hier auch schon Hinweise anbringen. Daß wir am Tag y loslegen. Die Leute sollen sich vorher schon die Nase an unserem Schaufenster plattdrücken. Und 10 Tage vorher. Spätestens. Müssen wir auch schon Reservierungen annehmen. Das Laden muß gleich am ersten Tag brummen. Das müssen wir auch auf die Plakate schreiben: *Reservierungen nehmen wir ab dem ... entgegen.*

Wir sollten an einem Freitag eröffnen. Reservierungen ab „Tag y minus 10". Also ab dem Dienstag kann man reservieren. Wer nimmt das dann entgegen. Das ist die Frage. Das sind alles Themen. Die wir regeln müssen. Überhaupt. Das Personal. Wir. Und wer sind die anderen. Wir brauchen ab dem Donnerstag. Am Tag vor dem Tag y. Die Leute. D.h. dann müssen sie bereitstehen. Am Donnerstag ganztätig. Wir öffnen ja immer erst um 5. Aber am Donnerstag müssen alle auf Touren gebracht werden.

Wer macht sich zum Personal Gedanken. Da müssen wir überlegen. Wie viele Schichten. Wie viele Positionen. Was heißt es in Personen. Wie bekommen wir sie. Wer springt ein. Wenn einer ausfällt. Oder eine. Wer von uns ist immer schon um 4 hier. Und wer bleibt. Bis 2 Uhr nachts. Bis alles wieder fertig ist. Das sind auch wichtige Themen. Da gibt es viel zu tun.

Das wird mir langsam zu viel. Langsam. Ich dachte schon länger. Ich habe immer gesagt. Die Arbeit selbst müssen andere machen. Aber das Planen und den Rahmen. Das müssen wir machen. Sonst funktioniert es nicht. Und das Anstoßen. Dafür verdienen wir dann ja auch. Wenn es läuft. Und da habe ich ein gutes Gefühl.

Was ist Dir also zu viel.

Wir haben für heute schon genug besprochen. Meine ich. Meinte Heike. Ja. Das stimmt. Wir können es dabei erst mal belassen. Die Aufgaben sind ja sowieso. Jetzt klar. Wann treffen wir uns wieder.

Die nächsten Tage. Vergingen wie. Die anderen. Hatten schon einiges vorbereitet. Wie er auch. Sie trafen sich. Dieses Mal in einer anderen Kneipe. Thomas war noch nie hier. Nur der andere Lorenz kannte die Kneipe. Und die Kneipe ihn.

Ich weiß. Da war viel zu regeln. Das muß sein. Aber wenn wir hier durch sind. Geht es etwas ruhiger. Sie steckten die Köpfe. Zusammen gingen sie durch die Partitur. Für die Pizzeria. Für die Aufgaben. Die zu erledigen sind. Die Kosten. Die auf sie zukämen. Zukommen werden. Auf sie. Vielfältige Arbeiten.

Jetzt sehen wir alle viel klarer. Der andere Lorenz, der sich nicht viel beteiligt hatte an den Diskussionen, sagte es. Ja. Das stimmt. Thomas sagte es. Ich bin auch zufrieden.

Nach drei Stunden gingen sie auseinander. Heike. Soll ich Dich mitnehmen. Ich fahre bei Euch am Wohnheim vorbei. Auch Lorenz kann ich ja mitnehmen. Wie wärs. Sie war. Sie waren. Einverstanden. Und Du. Der andere. Der andere Lorenz. War mit dem Fahrrad da. Und wollte auch wieder mit dem Rad. Nach Hause.

Lorenz. Und Heike.

Er setzte die beiden ab. Am Wohnheim. Schräg davor. Direkt ging nicht. Da liegt eine Einbahnstraße. Aber falsch. Herum. Sie verabschiedeten sich. Lorenz. Und Heike. Verließen den Wagen. Stiegen aus. Winkten. Noch einmal. Er fuhr. Weg.

Was hältst Du. Von ihm. Lorenz fragte. Ganz unvermittelt. Heike. Wußte nicht. Was sie antworten sollte. Wie meinst Du. Das. So. Wie ich es sagte. Wie ich es. Frage. Du meinst. Ob unser Projekt mit ihm etwas wird. Klar. Nein. Ich meinte nicht das Projekt. Oder weniger. Das Projekt. Ich meinte mehr. Wie Du ihn als Mensch siehst. Heike. War verlegen. Stockte. War anders. Als wenn sie nichts gesagt hätte. Hatte nichts gesagt. Aber anders. Lorenz spürte es. Sofort. War klar. Was das bedeutete. Für ihn. Für ihn klar. Für ihn bedeutete. Was. Für sie. Bei ihr.

Du magst ihn. Stimmts. Ja. Wie Du auch. Nein. Ich meine es anders. Du stehst auf ihn. Oh. Das ist aber sehr direkt. Ja. Die andere Frage. Ist ja verhallt. Ich muß überlegen. Ob es Dich etwas angeht. Weiß ich auch nicht. Ich wollte es aber. Gerne wissen. Weil. Weil. Warum also. Weil. Weil ich. Du weißt es. Du weißt. Was ich meine. Nein. Weiß ich nicht. Sag es. Heike. Wir kennen uns schon. Zwei Jahre. Na. Nicht ganz. Aber schon lange. Wir sind zu dritt. Ein gutes Team. Ja. Und. Ich meine nicht nur. Ein gutes Team. Du bist etwas Besonderes. Ganz Besonderes. Ich meine. Du bist jung. Er ist alt. Das paßt doch nicht. Was paßt da nicht. Frag ich mich. Also stimmt es. Was. Daß

Du auf ihn stehst. Ich habe nur gefragt. Was da nicht paßt. Nicht passen würde. Was ist also dein Problem.

Du weißt es. Du hast es doch wohl immer gespürt. Was. Das. Daß ich. Dich mag. Ich Dich ja auch. Nein. Du glaubst es nicht. Doch. Ich meine. Ich meine es anders. Wie. Ich meine. Daß ich. Auf Dich steh. Ach. Das hast Du mir nie gesagt. Nein. Muß man auch nicht. Nein. Muß man nicht. Dann weiß es ein anderer aber auch nicht. Ja.

Sie standen nebeneinander. Still. Stumm. Schauten weg. Weit. Lorenz. Ich habe gefragt. Ich habe gesagt. Weil ich es. Nicht mehr aushalte. Ich muß. Ich mußte es. Dir sagen. Jetzt weißt Du es. Ja. Und was machen wir nun. Das müßtest Du sagen. Ich habe es. Schon gesagt. Wie ich zu Dir stehe. Ja.

Laß uns heute. Nicht weiter reden. Morgen. Ich weiß nicht. Wo mir der Kopf steht. Was ich sagen will. Soll. Bitte. Verstehe es. Ja. Ja. Ich verstehe schon. Nein. Du verstehst nicht. Es ist wirklich so. Daß ich nicht weiß. Was geschehen ist. Was ich will.

Ja. Gut. Dann. Gute Nacht. Ja. Gute Nacht.

Sie konnte nicht schlafen. Passiert ihr sonst nicht. Selten. Kaum. Ab und zu. Manchmal. Vielleicht. Wenn der Mond. Scheint ein Zusammenhang. Aber heute. War kein Mond. War nichts von Mond. Da. Am Himmel. Stand das Schwarz. Durch und durch. Und trotzdem. Konnte sie. Nicht schlafen. Es ging ihr alles. Durch den Kopf. Warum. Was war geschehen. Was war. Heute anders. Gewesen. Mit Thomas. Mit dem anderen. Und Lorenz.

Lorenz. Ja. Lorenz. Wieder Lorenz. Was war mir ihm. Was war mit ihr. Mit beiden. Ihnen beiden. Sie stand auf. Wasser. Trinken ist jetzt wichtig. Lorenz. Was wollte sie. Von ihnen. Von allen dreien. Oder von anderen. Was. Wußte sie nicht. Nicht. Was sie wollte. Oder nicht wollte. Heute konnte sie nicht. Darüber nachdenken ging nicht. Eigentlich schien ihr. Alles klar. Bis heute Abend. Als Lorenz. Fragte. Wie sie es nicht erwartet hatte. Hat alles durcheinander gebracht. Hat Durcheinander gebracht.

Sie hat nicht geantwortet. Auf Lorenzens Fragen. Dachte sie. Oder. Hat sie geantwortet. Falsch. Oder richtig. Oder überhaupt. Sie meinte. Nein. Gar nicht. Sie wußte auch nicht. Was sie hätte antworten sollen. Sie wußte nicht. Was sie meinte. Was sie war. Was ehrlich war. Gegenüber Lorenz. Oder Thomas. Oder vielleicht. Auch dem anderen Lorenz.

Sie legte sich wieder. Hin. Und her. Wälzte sie sich. Die ganze Nacht. Froh war sie. Als sie aufstehen konnte. Das gab wieder. Halt. Stand. Auf. Ging. Raus. Ins. Aus. Dem Bad. Kam. War. Nicht. Am Tisch nahm sie ein Ei. Frühstücksei. Sonst nie. Ei nie. Der Kaffee. Schmeckte heute. Gut daß sie Vorrat hatte. Für solche. Morgen nicht mehr. Denn sonst trank sie Tee. Sie drehte das Messer. Mit dem Honig im Kreis. Schwindel. Schwindelig. Wurde es ihm. Ihr auch. Als sie dem Messer zusah. Leben. Das Leben. Wie das Leben. Lebendig. Honig war. So lebendig. Anders als sie. Sich fühlte. Honig braucht. Nicht zu arbeiten. Nicht. Zu denken. Ist einfach. Da. Oder woanders. Der Honig. Ein Tropfen. Wickelte sich. In die Tageszeitung.

Schmiegte. Sich ganz eng an sie. Seite durch Seite. Fast hätte sie.

Die Vorlesung verpasst. Das ist ihr im ersten Semester passiert. Danach kaum noch. Nur wenn sie bis 1 Uhr. In der Kneipe. Sie wollte im Hörsaal sein. Bevor Lorenz. Und sonstwer. Auch da ist. Sie hatte keine Lust. Die anderen zu treffen. Keinen. Es gelang ihr. Fast. Hätte sie Thomas gesehen. Thomas sah nach ihm aus. Sah ihm ähnlich. Thomas sah Thomas. Ähnlich. Thomas war aber nicht. Thomas. Sie dachte nur. So. War. Sie. War. Erleichtert. Als sie es merkte. Saß. Sah. Jetzt in der ersten. Reihe hinter einander. Stühle, gebunden in Reihen. Hatten nichts zu tun, als in Reihen zu stehen. Keine große Bewegung. Kein Auslauf. Da hat ja ein Pappbecher. Mehr Auslauf. Und bemerkte. Den Witz. Den sie vor sich. In sich hinein. Gemacht hatte. Sie stand nicht. Auf Witze. Aber dieser gefiel ihr. Obwohl. Aber das mußte nicht gegen ihn sprechen. Das Papier lag. Vor ihr lag. Der Tag, die Vorlesung. Die nächsten. Minuten vergingen. Niemand. Tippte ihr auf die Schulter. Heike. Ah. Ha. Du. Ja. Nie. Mand. Nicht Lorenz. Vor allem. Nicht. Lorenz. Wichtig war. Das. Nicht weil. Doch auch. Aber vor allem. Das war. Doch. Sie wußte nicht. Mehr. Der Prof kam. Sie sah ihn. Nicht vorne. Nicht hinten. Sie sah. Gar nicht. Eigentlich. Alle hätten bezeugt. Daß sie da war. War aber nicht. Nur eine. Die so aussah. Die Lorenz für sie. Die sie war. Gehalten hätte. Hätte halten können. Lorenz. Ja.

Sie bekam nichts mit. Gar nichts. Eigentlich. Aber das wollte sie nicht wissen. Konnte sie nicht. Dazu fehlte es ihr an Aufmerksamkeit. Sie schreckte hoch als alle den Raum verlassen. Hatten großes Geräusch gemacht. Wie immer. Wohl. Wenn sie es nicht hört. Ist so selbstverständlich. Daß man. Meinte sie. Bestimmt.

Sie saß noch kurz. Nach. Einer Stunde ging die nächste Vorlesung los. Mußte sie sich sagen. Saß. Ohne Grund. Ohne Boden. Da. Dachte sie. Ging in ihr. Vor.

Heike. Sie mußte sich erst überzeugen. Daß sie wirklich. Heike. Leider. Heute leider. Sonst egal. War es. Egal. Aber heute wäre sie gerne. Jemand anderes sein. Gewesen. Heike ohne Heikes. Leere. Fragen. Sie merkte plötzlich. Daß sie den ganzen Tag schon wußte. Daß heute nichts zu gewinnen wäre. Sie packte die Sachen. Die sie nicht ausgepackt hat. Wieder ein. Ging zum Fahrrad. Ständer. Schloß. Schlüssel. Das Öffnen eines Schlosses. Vermittels Schlüssels. Am Ständer für Fahrräder. So bewußt war ihr es nie gewesen. Wie heute. Sie sagte die Worte vor sich hin. Um sicher zu sein. Daß da war. Ein Schloß am Fahrrad. Ein Fahrrad im Ständer. Ein Schlüssel für alles. Daß das wahr. War. War ihr alles egal. Haus. Wohnheim. Wohnung. Klein. Schlüssel. Und schon wieder. Ein Schlüssel. Wie wichtig doch ein Schlüssel sein kann. Noch besser. Mehrere. Heute. Gerade heute. Immer heute. Sonst nie. Gilt für alles. Wichtig ist alles. Nur heute. Nur heute. Tropfte das Wasser. Aus dem Hahn. Dem Wasserhahn. Sonst nicht. Und wenn morgen. Dann heute.

Sie saß am Tisch. Am kleinen Tisch. In ihrer kleinen Wohnung. In ihrem Zimmer. 22 qm. Mit allem. Drum und Dran. Und dran. Saß auf der Kante. Des Stuhls. Damit war es schon eng. In der Wohnung. Legte einen Zettel. Einen Einkaufszettel. Ohne Einkauf. Ein Muster. Ohne Wert. Eines Einkaufszettels. Auf den Tisch. Leer. Wie sie. Zettel und sie. Sie fühlte sich jetzt nicht mehr einsam. Lag ja da. Der Zettel. Auf dem Tisch. In der Wohnung. Ihrer. Sie schaute. Sich um. Wo war der Bleistift. Hatte sie einen. Ja. Wohl. Letzte Woche. Hatte sie ihn gebraucht. Und gebraucht. Wo war er. Hingegangen. Fand ihn. Nahm ihn. Griff ihn. Packte. Ihn. Unten an. Was oben. Und schrieb. Auf das Blatt. Zettel. Leere. Leer. Thomas. Kreiste um ihn. Kreiste ihn ein. Lorenz. Zirkel auch um ihn. Der andere Lorenz. Auch. Oder nicht. Kreis. Oder keiner. Nein. Nicht der andere. Lorenz. Ja. Auch Kreis. Aber nicht. Der andere.

Wollte. Konnte aber. Keine finden. Was sie an Thomas. Oder was sie an Lorenz anzog. Das müßte doch. Ganz einfach sein. Nur aufschreiben. Strich drunter. Und dann ist es klar. So einfach. Vielleicht noch mit x multiplizieren. Bei wichtigen. Eigenschaften und so. Mal zehn. Oder mal 7. Und dann. Schlußstrich. Und addieren. Und klar ist. Alles berechnet. Bei Thomas. Ganz klar. Aktiv war er. Eine starke Schulter. Ganz anders. Als Lorenz. Sie fühlte sich wohl. Wenn Thomas da war. Nicht so selten. Schönes Gefühl für viele Tage. Was noch. Ja. Was. Er war. Alt. Hart. Aber alt war er. Das muß man sich eingestehen. Wenn man einen Strich ziehen will. Schluß. Aber der Faktor für alt. Fürs Alter. Darf natürlich nicht so hoch sein. Sonst würde Thomas sofort ausscheiden. Soll nicht. Sein. Sie kam. Auf sechs Punkte. Teils gut. Teils schlecht. Wie das Alter. Für Thomas. Mehr nicht. Sechs Punkte.

War das nicht schon ein Zeichen. Daß es Thomas nicht sein kann. Und Lorenz. Wie stand es dort. Der war. Ihr Alter. Ziemlich. Positiv. Aber fühlte sie sich wohl. Bei ihm. Hatte sie ein Gefühl. Wohl. Sein. Bei ihm. Oder anders. Sie mochte. Daß Lorenz zurückhaltender war. Als Thomas. Also. Beide haben Punkte. Für das. Und das. Gegenteil. Macht das Sinn. Oder Unsinn. Fünf. Waren es bei Lorenz. Mehr wurde es nicht. Auch wenn man schüttelte. Und sie. Schüttelte kräftig.

Unter dem Strich. Summe. Summa Summarum. Summe der Summe. Summer. Brummer. Die Fliege. Setzte sich. Auf das Karo. Des Zettels. Des Einkaufs. Mit dem Bleistift. Malte sie ihn an. In Gedanken. Das Tier. Die Fliege. Flog. Weg. War nicht. Bemalt. Strich. Aus Blei. Stift. Strich lang und breit. Und eindeutig. Verlangte. Nach. Aus. Sage. Für. Oder gegen. Wen.

Noch einmal. Einundsiebzig. Für Thomas. Siebzig. Für Lorenz. So einfach. Rechnen. Jetzt wußte sie. Was sie wollte. Keine Ahnung. Nur Rechnen. Das ging noch. Wohl. Wenn sie sich nicht verrechnet. Hatte. Nein. So ging das. Nicht. Lorenz will aber. Heute eine Entscheidung. Soll er. Wollen. Was er will. Will er. Wirklich. Hatte er das. Gesagt. Was hat er gesagt. Am Abend. Spät. Vor dem Wohnheim. Auf dem kleinen Platz. Ultimatum. War es das. Wohl. Nein. Nicht. Gar nicht. Sie fühlte sich. Sie stand. Unter Druck. Zu unrecht. Sie wußte es nicht. Warum malte sie überhaupt auf dem Zettel. Machte Entscheidungen. Mit fünf multiplizieren. Oder mit 4,3. Heike. Sagte Heike. Zu sich. Sonst zu niemandem. Der da war. In jeder Ecke des Zimmers. 22 qm. Der Wohnung. Nie. Mand. Hörte es. Ich kann. Keine Entscheidung. Gestern noch. Wußte ich nichts. Von Lorenz. Von seinem. Von seinen. Absichten. Gedanken. Oder was war es. Was es war. Bei ihm. Vorwagen. Tasten. Abtasten. Fragen. Nachfragen. Hatte sich nie Gedanken gemacht. Heike. Nicht Lorenz. Nicht Thomas. Zu keinem. Von Ihnen. Keinem anderen. Keinem. Auch dem anderen Lorenz. Und jetzt. Heute. Malte sie schon auf Karopapier. Ihre Abrechnung. Rechnung mit Strich. Schluß. Strich.

Sie würde Lorenz sagen. Nichts sagen. Kann nicht. Nichts sagen. Jeden Tag trifft sie ihn. Fast. Wie soll sie. Umgehen mit ihm. Ihn. Umgehen. Mit Thomas. Der hatte nicht gefragt. Aber alles. Was sie mit Thomas macht. Oder nicht macht. Wirkt. Zu Lorenz. Auf Lorenz. Wie. Umgehen. Damit.

Im Radio kam Musik. Wie jeden Tag. Für sie. Ganz neu. Wie immer. Jeden Tag. Was war das. Musik. Welche. Keine Ahnung. Meine. Lieblingsgruppe. Ja. Noch nie gehört. So fremd. So anders. So fern. Drang nicht. Durch den Nebel. Fühlte sich. Vernebelt. Zugenebelt. Im Nebel. Ohne Ende.

Und jetzt. Nichts. Viel. Nichts. Ab. Schalten. Ab.

Heike wollte ins Bett gehen. War müde. Merkte jetzt. Daß es Morgen war. Nicht Abend. Aber. Zur Uni.

Sie hatten sich verabredet. Für heute. Für abends. Für die Pizzeria. Für das Arbeiten. In der Kneipe. Hatten sich verabredet. Um 8 Uhr. Am Abend. Sie mußte. Wußte.

Mußte. Wollte. Nicht. Ging. Nicht. Ging. Die anderen saßen schon. Auch Thomas. Und Lorenz. Hallo Heike. Thomas. Hallo Heike. Hallo. Anderer Lorenz. Lorenz. War stumm. Schaute. Wartete ab. Heike. Sagte nichts. Wußte. Daß sie etwas sagen sollte. Mußte. Ging nicht. Lorenz. Ja. Das war viel. Lorenz. Lorenz. Hallo Heike. Hallo. Lorenz. Wir müssen heute über die Aufgaben sprechen. Verteilen. Thomas. War aktiv. Wie immer. Unnachgiebig. Wenn es um ihr Vorhaben ging. Ist was. Thomas fragte. Wunderte sich. Ein bißchen. Etwas war anders. Als sonst. Er spürte es. Wußte aber nicht was. Nein. Es ist. Nichts. Lorenz schaute. Auf Heike. Die dieses. Sagte aber nichts. Selbst. Sagte selbst nichts. Schien zu warten. Auf was. Was. Thomas ging die Liste durch. Liste der Verantwortlichkeiten. Liste. Heike. Nickte. Jeder nickte. Thomas wußte was er wollte. Und Lorenz. Passiv. Hörte. Schaute. Sagte nichts. Wie immer. Fast. Immer. Seid Ihr einverstanden. Thomas. Fragte. Alle. In die Runde. Niemanden. Ja. Wie immer. Dann müssen wir noch den Koch verabschieden. Also die Entscheidung über den Koch treffen. Ich meine das ist ein guter Mann. Also Koch. Er ist nicht ganz billig. Aber es muß sein. Es ist kein anderer in Sicht. Auf Sicht.

Ja. Einverstanden. Das ist gut. Sehr gut. Haste für uns alle sehr gut gemacht. Thomas nahm den Dank. Und sein Bier. Schon sein zweites. Heike nahm ihr Wasser. Was trank Lorenz. Sie wußte. Was Thomas trank. Was trank Lorenz. Das hatte sie nie gesehen. Nie interessiert. Jetzt. Interessierte sie. Kaffee. Im Pappbecher. Wie in der Cafeteria. Heute. Nein. Es schien. Eine Weinschorle. Hat er das je.

Keine. Ahnung. Sie sah ihn an. Zum ersten Mal. Thomas. Alt. Sehr alt. Lorenz. Jung. So unterschiedlich. Warum. Warum sind sie. So anders. Will sie überhaupt etwas. Von irgendjemandem. Thomas. Lorenz. Sonst jemandem. Was meinst Du. Heike. Was meinst Du. Heike erwachte. Sie schlief nicht. Erwachte. Ja. Ich bin dafür. Wofür. Was Ihr gerade besprochen habt. Wir haben nichts. Wir haben nur. Dich. Angeschaut. Alle. Ja.

Dann sind wir ja fertig. Nächster Termin. Nächsten Donnerstag. Dann wird es ernst. Ernst. Da ist er. Wieder. Der Halt im Ernst. Alles klar. Ja.

Heike. Und Thomas.

Draußen gingen sie auseinander. Jeder. Hatte noch was vor. Vor sich. Thomas zögerte. Noch. Heike. Was ist. Was ist. Thomas. Du bist. So abwesend. Anders als sonst. Kein Thema hat Dich interessiert. Ja. Kann ich etwas tun. Für Dich. Nein. Gut. Alles ist gut. Wie findest Du eigentlich. Wie findest Du. Uns. Wie meinst Du das. Heike. Wir kennen uns jetzt schon länger. Wir treffen uns. Wegen der Pizzeria. Oft. Und in der Uni. Manchmal. Was hältst Du. Von uns. Was denkst Du. Über uns. Uns. Euch drei. Ja. Merkt man das nicht. Nein. Ich dachte. Ich mag Euch. Sehr. Alle. Ja. Irgendwie alle. Irgendwie.

Ist was. Heike. Bist Du eigentlich verheiratet. Thomas. Nein. Bin nicht. War. Meine Frau ist vor Jahren gestorben. Hat das nicht Lorenz erzählt. Ja. Doch. Ich wollte es. Von Dir hören. Woran ist sie gestorben. Sie hatte Krebs. Lange. Zog sich hin. Mit aller Hoffnung. Sorge. Angst. Elend. Ende. Und danach. Danach. Lebe ich. Allein. Ganz. Allein. Ich habe mich daran gewöhnt. Nicht. Gewöhnt. Es ist. Schwierig. Manchmal. Manchmal nicht. Leere. Schmerzen. Die nicht da sind. Schmerzen besonders. Deswegen bin ich oft abends lange in der Uni. In der Bibliothek. Bei der Blassen. Da hält man es besser aus. Bei den Büchern. Sind nicht leer. Tun nicht weh. Bücher kennen keinen Schmerz. Du vermißt sie. Thomas. Ja. Abends. Sprachen wir. Miteinander. Sonst nicht am Tag. Ich habe damals viel gearbeitet. War morgens früh weg. Bei der Arbeit. Kam abends wieder. Dann war sie dort. Wartete. Immer sie. Ich nie. Fast nie. Unser Leben begann abends. Wir liebten beide. Uns. Kunst. Musik. Wiesen. Wald. Bis.

Und Du. Wie steht es. Bei Dir. Hast Du. Jemanden. Wie man so sagt. Heike. Nein. Nicht so. Wie Du meinst. Denke ich. Warum. Du bist so hübsch. Und so natürlich. Bist so normal. Sehr nett. Lorenz. Oder der andere. Warum nicht. Heike. Warum. Lorenz. Mag Dich. Das sieht man. Der andere Lorenz. Anders. Da weiß ich nicht. Nichts. Wenn ich jung wär. Dann wüßte ich. Wenn. Wäre. Wüßte. Warum. Was ist jetzt anders. Thomas. In meinem Alter. An der Uni. Da fällt man aus dem Rahmen. Ist ein Exot. Wie ein Papagei. Nicht böse. Aber man fällt heraus. Aus. Willst Du nicht mehr. Ich meine. Noch einmal. Alles erleben. Spüren. Durchmachen. Mitmachen. Noch einmal. Thomas. Leben.

Thomas. Noch einmal. Leben. Das Leben. Ja.

Stille. Es gab eine kurze Stille. Ende. Los. Endlos. Was jetzt. Wer sollte jetzt. Was sagen. Ich muß morgen. Früh an die Uni. Ja. Ich auch. Heike. War mit dem Fahrrad gekommen. Und fuhr. Zu Fuß. Sie schob. Das Fahrrad weg. Den Weg entlang. Den Weg hoch. Dem Horizont entgegen. Horizont in 10 m Entfernung. Weniger nicht. Richtung Wohnheim. Thomas ließ sie stehen. Sie ließ Thomas stehen. Hatten sie sich verabschiedet. Oder nicht. Sie wußte es nicht. Nicht mehr. Sie verabschiedete sich immer. Das wußte sie. Auch wenn ihr nicht danach war. Aber heute. Hatte sie sich. Heute verabschiedet. Wie. Handschlag. Mit Worten. Mit beidem. Oder gar nicht. Was hat Thomas. Ganz am Schluß. Gesagt und getan. Thomas.

Ach ja. Thomas. Der. Sie schob. Auch als der Weg eben war. Der Horizont weg. Nicht mehr im Weg. War. Ein Leben ohne Horizont. Könnte man das. Leben. Thomas stand da.

Vor der Kneipe. Stand er. Wie er immer stand. Wie wenn er. Wie immer gestanden. Hätte. Er überlegte. Noch einmal in die Kneipe. Und noch ein Bier. Das dritte. Oder hier stehen. Für drei Stunden. Bis 2 Uhr. Oder. Was sonst. Er ging nicht. Hinein. Nicht an den Tisch. Nicht an die Theke. Ging. Nicht. Er stand weiter. So da. Was hatte Heike. Da heute Abend. So alles gefragt. Komisch. Er fühlt sich. Nicht ausgezogen. Aber. Er hatte viel erzählt. Was er sonst nicht erzählt. Nicht so viel. Warum hatte Heike ihn das gefragt. All das. Was. Wollte Heike. Was. Er hatte keinen Parkplatz gefunden. In der Nähe. Nicht. Er erinnerte sich. Nicht. Wo er parkte. Wie war er vorhin hierhin gekommen. Er sucht den Faden. An dem er gekommen war. Fand ihn. Auf dem Gehweg. Bürgersteig. Trottoir. Lag da. So rum. Niemand hatte ihn gesehen. Außer ihm. Glänzte noch. Rot. Silbrig. Darüber fand er. Sein Auto. Stand noch so. Wie er es geparkt hatte. Direkt hinter dem Ende. Des roten Bandes. Von wem. Was sollte Heike. Was er. Lorenz.

Er drehte den Schlüssel. Im Schloß. Griff. Hielt den Schlüssel. Fest. Hielt sich. Am Schlüssel. Fest. Es war dunkel. Kein Licht. Wo war der Lichtschalter. Nicht dort. Wo er sonst war. Er tastete. Es war kein Mond da. Und dunkel. Nur der Schlüssel. Im Schloß. Sonst war nichts fest. Und sicher. Er tastete wieder zum Schlüssel. Jetzt fand er den Schalter. Er schaltete. An. Licht. Jetzt konnte er. Zweite Tür rechts. Küche. Das war sein Zuhause. Kühlschrank rechts. Rechts in der Tür. Zum Kühlschrank. Weinflasche. Kühl. Er nahm sie aus dem Kühlschrank. Stellte sie. Auf den Tisch. In der Mitte. Des Raumes Mitte. Der Welt. Seiner. Kleinen Welt. Küche. Fast rund. Nur vier Ecken. Mehr nicht. Kaum rund. Gar nicht. Rund ist das Glas. Auf dem Tisch. Neben der Flasche. Nicht kalt. Ganz anders als die Flasche. Das Glas handwarm. Der Wein ergießt sich. In es. Überfall. Artig. Überall. Das Glas. Hatte keine Chance. Das werden alle Zeugen bestätigen. Das Glas wollte aber auch. Nicht anders. Wollte es. Er legte das Glas. An den Mund an. Er roch durch die Augen. Den Weißwein. Im handwarmen Glas. Jetzt schon kühler. Er brauchte das. Jetzt. Trank er. Zuviel. War er. Ja. Vielleicht. Wußte es. Nicht. Wollte es.

Früher hatte er oft mit seiner Frau ein Glas getrunken. Am Abend. Wenn er da war. Wenn er nicht da war. Dann nicht. Seine Frau immer. Immer da. Er setzte sich. Auf den Stuhl. Den hatte noch seine Frau gekauft. Im letzten Jahr. Als sie noch laufen. Gehen. Konnte. Da war sie noch. Da fuhr sie noch häufiger in die Stadt. Und kaufte. Solche Dinge. Wie Stühle. Andere Dinge. Die länger hielten. Halten sollten. Legte eine Schleife der Zeit. In die Wirklichkeit. Zu ihm. Ja. Auch zu ihm. Zur Welt. Um sich später. Über die Schleife in die Wirklichkeit zu ziehen. Der Gedanke kam ihm. Jetzt zum ersten Mal. Komisch. Das klingt komisch. Aber nicht irre. Eine Leiter. Strickleiter. Ein Faden. Der zurück in die Wirklichkeit führt. In das Leben. Die Welt. Kinder hatten sie keine. Heike. Er dachte jetzt. An Heike. Er fühlte sich schlecht. Wie kann er. Jetzt an Heike denken. Wie kann. Er. Was meinte sie. Heike. Was wollte er. Wollte er was. Von Heike. Oder. Von wem. Immer. Auch. Heike. Erinnerte sich. Daß er vor Monaten. Als er Heike. Lorenz. Und den anderen. Kennenlernte. Daß er ein merkwürdiges Gefühl hatte. Wenn er Heike sah. An sie dachte. Ein. Ein anderes. Gefühl. Stimmung. Sich freute. Wenn er sie sah. Auch wenn nicht. Dann freute er sich. Auf die Zeit. Wenn er sie sah. Sehen würde. Sehen sollte. Hatte er dieses vergessen. Über die Monate. Vergessen. Verdrängt. Kann das sein. Jetzt. Wo er sie fast täglich. Sah sie. Sah sie nicht. Wen. Lorenz. Den anderen. Niemanden. Heike war jenseits seines Feldes. Eine Regel galt. Daß man nicht im anderen Felde. In des anderen Felde wildert.

Und jetzt war Heike in seinem Feld. Oder war das Feld verschoben. Von der Wirklichkeit verschoben. Verhoben. In ein anderes Feld. Er hörte. Wie Heike nicht wußte. Was sie wem. Sich orientiert. Sich an Thomas. Nein. Sich bei und mit Thomas. Orientierte. Halt suchte. Fand. Nicht. Heikes Unruhe. Fand jetzt ihn. Thomas. Jetzt. Da Heike offenbar in Reichweite stand. Nicht in einem anderen Felde. Mochte er Heike. Merkwürdige Frage. Die er sich. Stellte sich. Der Frage. Merkwürdig. Er sah Heike oft. Freute sich. Sie waren zu zweit. Eine Untergruppe. Für die Pizzeria. Hatte sich Heike. Dabei je für ihn interessiert. Interessiert geschaut. Angeschaut. Wie Menschen. Wie Frauen. Schauen. Wenn sie an dem Punkt sind. Sich zu verlieben. Oder gerade schon. Darüberhinaus sind. Es sind. An diesem Punkt. Der letzten Selbstvergewisserung. Hatte er je. Es bei Heike gesehen.

Nein. Und jetzt. War es anders. War es. Nein. Vielleicht. Wer weiß. Heike war heute. Eher verwirrt. Unsicher. Kein Blick. Kein Schauen. Keine Selbstvergewisserung. Nichts. Gar. Nicht. Nichts. Der letzte Tropfen. Der Flasche. Aus der Flasche gepreßt. Gewürgt. Ging in das Glas. Erging sich. Im Glas. Er schüttete. Die Fragen aus. Ins Glas. Mit dem Glas. Runter. Er fühlte sich. Für ein paar Sekunden. Gut. Erleichtert. Frei. Von Gedanken. Von Schuld. Ungeduld. Kam aber. Wieder. Zurück. Hoch. Das Gefühl. Der Gedanke. Alles. Wieder. Immer wieder.

Das Radio spielte. Mit ihm. Aus dem Radio sprudelte es. Ein Strahl. Töne. Ton. Er hatte es eingeschaltet. Mechanisch. Wie immer. Wenn er nach der Arbeit nach Hause kam. Seit seine Frau. Seitdem. Er hörte. Wußte nicht. Kannte es nicht. Wußte. Nicht. Mitte 19. Bestimmt. 19. Jahrhundert. Aber von wem. Wußte nicht. Wußte es nicht. Seine Frau hätte. Wohl. Er nicht. Der Wein. Hatte. Den Zweck erfüllt. Legte sich. Legte ihn. In das Bett. Ließ nur noch wenige Gedanken übrig. Beim Einschlafen. Dachte er. Noch einmal. Was Heike.

Lorenz

Er wachte um 7 Uhr auf. Drehte sich noch einmal. Wie am Spieß. Um. Würde er heute. Geschlachtet werden. Nein. Vielleicht. Aber anders. Was würde Heike heute sagen. Oder nichts. Würde sie. Wieder alles. Vor sich herschieben. Ohne Erklärung. Ohne Zeichen. Ohne Anzeichen. Er stand. Auf. Warum. Vorlesung. Und dann. Würde Heike kommen. Oder sich drücken. Er wußte. Daß Heike sich drückte. Weil er Heike. Unter Druck gesetzt hatte. Lorenz wußte. Es. Konnte es gar nicht abwarten. Wenn er sie wiedersah. Sehen sollte. Wollte. Schon in der Uni. Zweite Vorlesung.

Heike versteckte sich. Drückte sich. Heute nicht. Sie stand vor dem Hörsaal. Alle sahen sie. Hätten sie gesehen. Wenn sie gewollt hätte. Hätten. Sie wartete. Auf Lorenz. Thomas. Aber der studierte ja was anderes. Aber auch den anderen Lorenz. Sie war bereit. Wußte nicht warum. Wieso. Nicht. Was sie sagen sollte. Wollte. Aber. Kein Lorenz. Nicht einmal der andere. Sie war bereit. Sie wußte. Aber nicht. Was sollte sie sagen. Lorenz. Zum Beispiel. Oder Thomas. Wenn er denn käme. Auch ihm. Der Einkaufzettel lag in ihrer Mappe. Säuberlich. Ausgefüllt. Einmal geknickt. Mit Strich. Auf jeder Seite. Unter jeder Rechnung. Klares Ergebnis. Das sie kannte. Nicht mehr. Sie fühlte sich. Innerlich tot. Strom abgestellt.

Saß in der Vorlesung. Wußte nicht in welcher. Nicht woher.

Ging aus dem Saal. Hinaus. Heraus. Über die Flure. Orientierungslos. Nicht einmal. Mechanisch. Aufgedreht. Ohne Richtung. Leere. Gedanken. Leere Gedanken. Nichts. Andere Studenten. Grüßten sie. Sie nicht. Sah. Sie nicht. Was ist mit der los. Ja. Was. Wohl. Keiner weiß. Alle wissen.

Thomas suchte sie. Fand sie. Traf sie. Auf dem Gang. Ging nicht. Stolperte. Dem Nichts entgegen. Heike. Heike. Ah. Du. Ja. Thomas. Freut mich. Ich dachte. Aber Du warst nicht. Wo. In der Vorlesung. Ach nein. Du studierst ja was anderes. Gut so. Heike. Ist was. Nein. Nichts ist. Wie geht es Dir. Thomas. Ich denke ich sollte eher fragen. Wie geht es Dir. Heike. Es hat mich gefreut. Gestern Abend. Daß wir gesprochen haben. Haben wir noch nie. So. Nein. Das stimmt. Mich hat es auch sehr gefreut. Er zögerte. Was sollte er jetzt sagen. Heike. Es ist wohl bisher nicht so klar gewesen. Ich wollte auch nicht. Daß es so klar ist. Du bist jung. Ich bin das Gegenteil. Die anderen zwei sind Dein Alter. Jung. Anders als ich. Ich wollte nicht. Daß man merkt. Ich mag Dich. Sehr. Es ist jetzt vermutlich ganz daneben. Daß ich das sage. Aber nach gestern muß ich das sagen. Du hast gestern mich sehr berührt. Ich denke oft an meine Frau. Aber nie – oder fast nie so wie gestern Abend. Da kam mehr Erinnerung als sonst. Etwas anders kam dazu. Das hat mich sehr berührt. Meine Frau ist schon so lange tot. Ich wußte gar nicht mehr. Daß es auch das andere noch gibt. Schon lange her. So. Jetzt weißt Du es. Ich bin Dir sehr dankbar. Dafür. Für gestern.

Heike blickte. Auf den Boden. Es war ihr nicht peinlich. Was Thomas sagte. Sie konnte nicht aufschauen. Jetzt nicht. Sie hörte was Thomas sagte. Sie verstand es. Es drang aber nicht zu ihr durch. Jetzt nicht. Noch nicht. Thomas. Ich danke Dir. Ich bin Dir auch sehr dankbar. Für alles. Ich kann aber jetzt mich nicht erklären. Ich kann nicht. Weiß nicht. Nicht links. Nicht rechts. Weiß nicht. Ich danke Dir. Laß uns morgen. Oder die Tage. Dann weiß ich mehr. Was ich bin. Was ich will. Vielleicht. Morgen. Oder so. Thomas. Ja. Heike. Ich verstehe. Ich geh mal zur Bib. Zur Blassen. Ich muß. Wir sehen uns. Bald. Hoffentlich.

Lorenz. Sah die beiden. Spürte was es bedeutete. Ahnte. Dachte. Fürchtete. Sich. Er spürte. Daß Heike verwirrt. Sprach es für ihn. Oder gegen. Ihm war sofort klar. Gegen ihn. Er sah die beiden. Auseinandergehen. Er erschrak. Drehte sich schnell um. Wollte niemanden. Sehen. Begegnen. Jetzt nicht. Das hätte er nicht ausgehalten.

Nun suchte Lorenz nicht mehr die Begegnung mit Heike. Er ging ihr eher aus dem Wege. Das Urteil war gesprochen. Die Verkündigung brauchte er nicht mehr. Der Vollzug. Der Strafe. Setzte sofort ein. In dem Moment. Auf dem Flur. Auf dem Gang. In der Uni. Damals. Gestern. Heute mittag. Da war es. Das Gericht tagte. In aller Öffentlichkeit. Fällte das Urteil. Aber verkündete es nicht. Brauchte nicht. Das Gericht. Er. Brauchte nicht. Brauchte es nicht. Heike wunderte sich. Sie hatte sich Lorenz. Den anderen. Stellen wollen. Traf jetzt aber niemanden mehr. Außer Thomas. Als er sie auf dem Gang sah. Traf. Ansprach. Sie nicht reagierte. Nicht wußte. Wo sie ist. Wer sie ist. Bis Thomas. Es ihr sagte. Und sie sich an die Rolle erinnerte. An das Stück. In dem sie spielte. Lorenz arbeitete jetzt viel. Von zuhause. Traf nur noch den anderen Lorenz. In der Kneipe. Einmal in der Woche. Abends. In einer Kneipe. Einer anderen. Er wollte möglichst weit weg. Sein. Von Heike. Ach. Heike.

Thomas. Und Heike.

Heike traf Thomas. Nicht in der Uni. In der Stadt. Wo sie sonst nie war. Komisch. Ja. Thomas. Du hier. Ja. Und Du. Dich habe ich noch nie in der Stadt getroffen. Ja. Stimmt. Ich bin auch sonst nie hier. Mußte jetzt aber. Weiß gar nicht was. Wird sich zeigen.

Hast Du den Lorenz mal wiedergesehen. Ich habe ihn schon lange nicht mehr. Thomas. Ne. Gar nicht. Wir müssen uns aber dringend mit den anderen treffen. So viele Dinge müssen wir erledigen. Der Zeitplan ist eng. Da können wir jetzt nichts schleifen lassen. Aber. Heike. Wie geht es Dir. Als ich Dich in der Uni traf. Auf dem Gang. Da ging es Dir nicht so gut. Denke ich. Du warst ganz. Abwesend. Ja. So war es. Wohl. Jetzt geht es wieder. Besser. Ich habe viel nachgedacht. Mein Kopf war ganz leer. Ist auch jetzt noch ganz leer. Aber nicht mehr so. Ich habe viel gedacht. Über Dinge. Die man nicht denkt. Du sagtest. Daß ich in Dir eine andere Saite berührt. So ähnlich. Wieder berührt habe. Die verschüttet. Ja. Der Lorenz hat in mir etwas Ähnliches getan. Kurz davor. Thomas. Ja. Verstehe. Du magst Lorenz. Den Lorenz besonders. Nein. Ja. Ich meine. Ich meine es anders. Lorenz hat in mir. Eine Saite berührt. Etwas losgetreten. Was mir nicht bewußt war. Daß wir vier. Nicht nur für die Pizzeria. Gut zusammenarbeiten können. Sondern mehr. Daß da mehr sein kann. Ist. Als nur das. Er hat meine Saite berührt. Und sie schmerzte. Und ich wußte nicht. Warum. Und ich wußte nicht. Für wen. Ich war völlig leer. Hohl. Wußte nur. Daß da was war. Sein kann. Sein könnte. Wußte aber nicht. Was. Für wen. Mir geht es eigentlich immer noch so. Aber ich weiß jetzt. Etwas mehr. Habe alles versucht. Um mir Klarheit zu verschaffen. Hat geklappt. Hat nicht geklappt. Hat genutzt. Hat nicht genutzt. Habe alles versucht. Habe Listen aufgestellt. Was ich mag. Und so. Und wen. War alles sinnlos. Aber vielleicht hat es mir geholfen. Irgendwie.

Jetzt weiß ich. Jetzt glaube ich. Daß ich weiß. Daß ich meine. Daß es da jemanden gibt. Der mehr ist. Als die Pizzeria. Die Organisation. Die Steuerung. Die Leitung. Der mehr. Ich denke ich weiß. Jetzt. Das bist Du. Thomas. Für eine Frau gehört sich das nicht. Ich weiß es. Aber ich halte es. Jetzt. Nachdem Lorenz meine Saite berührte. Halte es nicht mehr aus. Tue. Was man nicht tut. Tue es. Bewußt. So. Thomas. Jetzt weißt Du es. Du hast bestimmt noch zu tun. In der Stadt. Bei der Blassen. Bei den Büchern. Oder so.

Thomas. War stumm. Er blickte Heike stumm an. Er war. Verlegen. Was hatte Heike angerichtet. Sie erschrak. Aber sie hatte es. Bewußt gesagt. Sie wollte. Sie konnte. Jetzt nicht mehr zurück. Heike. Danke. Du weißt wohl wie ich zu Dir stehe. Auf dem Flur. Auf dem Gang. Der Uni sagte ich es. Dir. Ich sagte. Ich mag Dich. Sehr. Er war stumm. Ich weiß nicht. Wie man soetwas macht. Was man sagt. Ist so lange her. War anders. Damals. Meine Frau. Ich meine. Die junge Frau. Die später meine Frau wurde. War in meinem Alter. Mitte zwanzig. Da weiß man nicht viel. Aber mehr als heute. Als ich heute. Ich bin. Ich bin. Verlegen. Komisch. Habe mein Leben hinter mir. Viel erlebt. Viele Menschen getroffen. Im Beruf. Und auch sonst. Wußte fast immer. Was zu tun. Was zu sagen ist. Und jetzt. Bin ich. Ich weiß nicht.

Heike griff seine Hand. Die rechte. Gab sie ihm. Die Hand. Oder was sonst. Sie griff sie. Ergriff sie. Ihre Finger. Glitten über die Hand. Über den Handrücken. Sanft. Mit leichtem Druck. Er fühlte. Sich. Sie. Wußte nicht. Was er jetzt tun. Sagen sollte. Verdammt. Was macht man jetzt. Er löste sich. Seine Hand. Die rechte. Hob sie. Setzte sie in Höhe ihres Gesichts. Setzte sie ab. in der Luft. Seine Finger. Der rechten. Glitten über ihre. Heikes Wangen. Heike schmiegte sich. Ihr Gesicht. An seine Finger. Seine Hand. Die rechte. In der Nähe stand eine Bank. Park. Bank. In einer kleinen Grünanlage. Thomas deutete zur Bank. Wollen wir. Fragten seine Augen. Seine Nase. Sein Mund. Seine Hände. Heike. Verstand. Sie gingen. Befangen. Verlegen. In die Richtung der Bank. Setzten sich. Drehten sich zueinander. Kein Lächeln. Beide. Zu befangen. Er griff. Mit seiner Hand erneut. Streichelte ihre Wangen. Auch die linke. Linke Hand. Linke Wange. Alles muß. Seine Ordnung haben. Heikes Hände. Stützen sie ab. Waren Unbeteiligte. Zeugen. Ohne Funktion. Waren. Heike hob jetzt. Auch ihre Rechte. Hob sie. So daß sie Thomas. Die Wangen von Thomas. Erreichen konnten. Ihre Finger. Der rechten. Der rechten Hand. Erreichten Thomas. Konnten. Sie ließ ihr Finger. Über Thomas gleiten. Über sein Gesicht. Wangen. Rot. Keine Haare. Los. Bloß. Leichte Stoppeln. Nachmittags. Verlegen. Verlegenheit. Befangenheit. Trotzdem. Ihre Gesichter. Wandten sich zu. Einander. Schauten sich weiterhin an. Schauten. In die Augen. Näherten sich. Kamen sich näher. Annäherung. Annäherten. Sich. Nasen. Berührten sich. Mehr nicht. Nicht mehr. Gingen wieder auseinander. Zögerten. Kamen wieder. Aufeinander los. Lippen berührten sich. Öffneten sich. Wollten. Wollen.

Sie saßen jetzt zehn Minuten. Auf der Bank. Und 55 Sekunden. Ungefähr. Es wurde kalt. Obwohl es warm war. Ihnen warm war. Oder der Bank. Wurde kalt. Heike. Ich wohne hier. Nicht weit. Von hier. Wir könnten zu mir gehen. Verstehe es bitte nicht falsch. Ich will nicht über Dich herfallen. Aber hier wollen wir nicht bleiben. Denke ich. Was meinst Du. Heike. Ja. Wenn es für Dich gut ist. Ist es für mich gut.

Sie gingen. Fünf Minuten. Mehr nicht. Oder sieben. Überquerten eine Straße. Breite Straße. Viel Verkehr. Da hinten. Ist es. Haus Nr. 13. Das kann man sich merken. Er wohnte im Erdgeschoß. Öffnete die Haustür. Schloß. Schüssel. Heike beobachtete den Schlüssel. Sehr genau. Und noch einmal. Die Wohnungstür. Noch ein Schlüssel. So viele Schlüssel. Nur. Um in eine Wohnung zu kommen. Um ungestört zu sein. Öffnete die Tür. Flur. Hausflur. Wohnungsflur. Flur in der Uni. Ging. Gang. Raum mit Sofa. Sieht nach Wohnzimmer aus. Ist es.

Er machte Licht. Draußen ist Sommer. Vom Licht her. Drinnen ist es duster. Eher dunkel. Licht. Entblößt. Die Wohnung. Die Einrichtung. Sie erschrak. Das Sofa. Die anderen Möbel. War das Thomas. Thomas. Der sie immer zu moderner Gestaltung der Prospekte und so. Drängte. Gedrängt hat. Der spartanische Gestaltung wollte. Der sie dazu zwang. Der Moderne. Unter ihnen. Thomas. So war er eingerichtet. Sie kannte diesen Stil nicht. Es war. Alt. Er war. Alt. Thomas bemerkte es. Daß Heike. Zögerte. Überrascht Dich. Stimmts. Heike. Wußte nicht. Was sie sagen sollte. Luft. Atmete.

Du hältst es für Gelsenkirchener Barock. Oder schlimmer. Stimmts. Es ist das Privileg der Jugend. Die Dinge der Alten alt zu finden. Abgestanden. Verstaubt. Nein. Ich meine. Ja. Das stimmt wohl. Ich bin nur so. Überrascht. Du hast uns immer gedrängt. Zum Modernen. Warst uns. Warst anderen. Bei unseren Aktivitäten. Immer voraus. Bist immer so modern gekleidet. Nicht nach der neuesten Mode. Aber zeitlos modern. Spartanisch. Und das hier. Ist so anders. Ganz. Anders.

Du kennst solche Möbel nicht. Diesen Stil. Es ist klar. Daß es Dich überraschen. Und vielleicht abstoßen muß. Ich liebe ihn. Er hat Geschichte. Stil. Tiefe. Geschichte ist das. Was junge Menschen nicht kennen. Können. Daher schätzen sie es auch nicht. Können nicht. Geht gar nicht. Für uns Alte ist das anders. 18. Jahrhundert war meine Zeit. Da habe ich gelebt, da war ich jung. Das ist meine geistige Dimension. Absolutismus. Aufgeklärter. Da bin ich groß geworden. Das sind meine Möbel.

Heike. Wußte nicht. Du bist sarkastisch. Jetzt erschrak. Thomas. Nein. Eigentlich bin ich das nicht. Aber mir ist klar. Klar geworden. Noch klarer geworden. Daß Du die Welt. Aus einer ganz anderen Perspektive betrachtest. Betrachten mußt. Rita. Meine Frau. Und ich haben die Möbel schon früh gekauft. Stück für Stück. Da waren wir

Mitte zwanzig. So ungefähr. Also auch nur einige Jahre älter als Du jetzt. Wir mochten sie beide. Von Haus aus waren wir mit so was nicht in Berührung gekommen. In Museen haben wirs dann gesehen. Zum ersten Mal. Es hat uns gleich berührt. Angesprochen. Auch wenn wir politisch ja eher anders gestrickt waren. Wir haben um 1968 das Abitur gemacht. Also genau in der richtigen Zeit. Das ist nicht an uns vorbei gegangen. Wir waren nicht mal Mitläufer. Aber die Stimmung hat auch uns erreicht. Wir waren da offen. Für Veränderungen. Und als wir ein paar Jahre älter waren. Haben wir diese Möbel gekauft. Stück für Stück. Bei Antiquitätenhändlern. Nicht im Zentrum. Etwas abgelegener. Da gab es nicht-restaurierte Stücke. Für nicht so viel Geld. Wir haben dann selbst viel daran gearbeitet. Und das Ergebnis siehst Du. Unsere Freunde fanden das meistens auch nicht toll. Waren ja auf modern getrimmt. Gestimmt. Aber wir fanden es gut. Immer noch.

Bei uns war es aber mit den Möbeln nicht getan. Wir haben auch Musik gehört. Musik aus dieser Zeit. Das war auch so ein bißchen in der Zeit. Lag in der Luft. Zeitgeist. Gab es damals schon. In den siebziger Jahren gab es die Folk-Musik-Bewegung. Die ja auch zurück wollte zu den Wurzeln. Zur Volksmusik. Müßte man eigentlich sagen. Wenn es in Deutschland nicht verboten wäre. Das waren aber eigentlich linke Leute. Moderne. Fortschrittliche. Die Musik machten. Diese Musik. Volksmusik und Linke. Ja. Haben es aber Englisch genannt. Weil es von dort und aus den USA kam. Und weil es dann kein deutscher Begriff war. Folk Music. Und sogar Hannes Wader hat Volkslieder gesungen. Tut er immer noch. Auf Platt. Und Platte.

Aber trotzdem. Volkslieder. Hannes Wader. Ja. Hannes Wader. Ein engagierter Liedermacher. Wie man so sagt. Meint einen Linken.

Und dann gab es damals schon die jungen Rebellen. Die sogenannte Klassische Musik mit den historischen Instrumenten machten. Machen wollten. Nicolaus Harnoncourt und viele andere. Der kam aus Wien. Hatte eigentlich Cello, diese große Geige, gespielt. In klassischer Art. Ist auch schon tot. Der Harnoncourt. Das waren auch eher Linke. Modernisten. Die das Alte original wollten. Nicht klassische Aufführung. Das galt vor allem für die Musik aus dem 19. Jahrhundert. Aber auch für Barockmusik. Nix Furtwängler. Nix Karl Böhm. Karajan. Und so. Sie wollten die Klassik. Die Alte Musik. Auch aus der Renaissance. Aber viel Barock. Mit historischen Instrumenten. Und so wie man es damals gespielt hat. Vermutlich. Mehr wissen wir nicht. Gibt kaum noch CDs aus dem 18. Jahrhundert. Sind natürlich Vermutungen. Hat man als Historische Aufführungspraxis bezeichnet. War aber zu radikal. Und heute. Also auch das 18. und auch das 19. Jahrhundert und so, das war unsere Zeit. Die Zeit der Linken. Komisch. Nicht.

So wie ja auch Linke den Hölderlin und so entdeckt haben. Wiederentdeckt. Nix geschönt. Gequetscht. Verändert. Sondern wie er wirklich war. Früher waren das linke Plakatekleber. ASTA an der Universität. Vorsitzende des SDS. Und so. Und dann haben sie sich mit Hölderlin. Kleist. Später Kafka. Und so. Befaßt. Originalmanuskript herausgegeben. Was die offiziellen Fachleute, die

Germanisten, nicht gemacht haben. Nicht wollten. Nicht hinbekommen haben. Der Verlag dieser Plakatekleber hieß bis vor kurzem auch noch so. Roter Stern. Aber nicht Belgrad.

Heike schaute sich um. Hatte solchen Quatsch noch nie gehört. Glaubte nicht. Glaubte Thomas. Glaubte nicht. Sie wußte nicht wie sie damit umgehen sollte. Schaute. Die Möbel. Hinter die Glasscheiben der Schränke. Sah dort Porzellan. Altes Zeug. Vieles. Ganz altes Zeug. Teilweise sogar Figuren in derselben Art. Oder Figur mit Windmühle. Und so. Schüttelte den Kopf. Stoppte sich sofort. Merkte. Spürte. Daß Thomas es sah. Wollte nicht. Ja. Das sind auch Kunstwerke aus der damaligen Zeit. Handbemalt. In der Meißener Manufaktur. *Manufactum* heißt ja: handgemacht. Die haben wir uns damals nicht leisten können. Später haben wir das gekauft. Paßt zu den Möbeln. Die Du so unmöglich findest. Denke ich. Stammt aus derselben Zeit.

An der Wand hingen Bilder. Wohl auch aus der Zeit. Gefallen. Mit Rahmen. Auch verschnörkelt. Landschaften. Aber auch Bilder mit Menschen. Szenen. Auf dem Lande. Sah auf dem Boden. Rote Teppiche. Rot und viele Farben. Ja. Das kennt Ihr nicht mehr. Sind Orientteppiche. Nannten wir früher so. Früher gab es solche Händler in jeder Stadt. Auch in kleinen Städten. Mindestens einen Händler für Orientteppiche. Nach 1900 viele Juden. Später meistens Iraner. Die nach Deutschland. Und Holland. Österreich. Und sonstwohin gekommen waren. Und dort die Teppiche aus ihren Ländern verkauften. 150 Tausend

Knoten. Für einen Teppich. Ist keine Seltenheit. Wird in langer Zeit gewebt. Heute findet man sie noch in Antiquitätenläden. Oder bei Auktionen. Wenn wir Alten sterben. Dann wird der ganze Plunder versteigert. Läuft ja schon seit Jahren so. Die Jungen. Die Kinder. Wollen sowas nicht. Wollen 60er Jahre Möbel. Klassische Möbel. Porzellan. Silber. Teppiche. Kunst. Und Bücher. Will heute auch keiner mehr haben. Das sind alles Verfallsprodukte. Nicht chemisch. Aber kulturell. Und natürlich preislich. Will keiner mehr. Von Euch. Jetzt bemerkte Heike das große Bücherregal. Das die ganze hintere Wand einnahm. Von unten nach oben. Von links nach rechts. Und offenbar auch in mehreren Reihungen. Hast Du das alles gelesen. Die Frage. Mochte Thomas. Noch so viel lesen. Er würde es nie schaffen. Nein. Habe ich nicht. Eine Bibliothek ist keine Sammlung von Büchern, die der Inhaber bereits gelesen hat. Sondern die er gerne lesen würde. Sagte meine Buchhändlerin. Nicht ganz uneigennützig. Aber sie hatte recht. Hat immer noch recht.

Gerade wir Linken oder links Angehauchten waren früher die eigentlichen Vertreter des kulturellen Bürgertums. Heute wollen die Linken nicht mehr viel. Wollen Englisch quatschen. Wenn sie sagen daß sie Deutsch redeten. Wollen flexibel sein. Wollen die Schulen kastrieren. Wollen Schulen abschaffen. Wollen Bachelor in Unis. Wollen Master. Wollen Lernen behindern. Verhindern. Wollen Anforderungen abschaffen. Wollen die Kultur zerstören. Wollen die eigene Kultur zerstören. Und fühlen sich dabei gut. Unheimlich. Gut. Unheimlich. So hat sich das geändert. Der Wind. Gedreht.

Und Du. Bist Linker geblieben. So richtig war ich ja nie einer. Aber angehaucht. Wie ich sagte. Wir haben die Zeit und die Veränderungen eingesogen. Und verstanden. Befürwortet. Jedenfalls so im groben. Im Großen und Ganzen. Und sind dem eigentlich treu geblieben. Meine ich. Was hattest Du hier erwartet. Heike. Nun. Eigentlich gar nichts. Ich meine. Ich hatte keine Vorstellungen davon. Keine eigentlichen Vorstellungen. Nur eine Idee. So wie Du sonst warst. Bist. Das paßt so gar nicht hierzu. Denke ich. Dachte ich. Magst Du einen Wein. Oder was anderes. Ja. Gerne. Was denn. Ein Glas Wein. Sehr gerne. Gut. Ich komme gleich wieder.

Sie sah ein modernes Gerät. Nicht barock. Einen Plattenspieler. Und eine HiFi-Anlage. Wie man es damals genannt hätte. Alles deutlich nach-barock. Dort standen Platten. Rücken an Rücken. Und CDs. Rücken an Rücken. Sie las. Es war schwierig. Klein. Eng. Dunkel. Etwas von Bach. Johann Sebastian. Etwas von Mozart. Beethoven. Christoph Willibald Gluck. Johann Nepomuk Hummel. Daneben ein anderer Ständer. Keith Jarrett. Und noch einmal. Und weiter. Von Cat Stevens. Von Woodstock. Emerson Lake & Palmer. *Pictures at an Exhibition*. Das alles sagte ihr nichts.

Thomas kam zurück. Mit einer Flasche Wein. Weiß. Offenbar. Und zwei Gläsern. Leer. Stellte alles auf den Tisch. Mit irgendwie gebogenen Beinen. Stellte es hin. Ab. Schüttete den Wein. In die Gläser. Zwei. Reichte eines. Der Heike. Das andere. Behielt er. Für sich. Du schaust die Platten. Und CDs an. Ich vermute. Du bist genauso geschockt. Wie bei den Möbeln und so.

Nein. Ich kenne das Zeug einfach nicht. Alles aus Deiner Barockphase. Oder Folk-Musik-Zeit. Nein. Nur ein Teil ist Barockmusik. Vieles ist aber in der Tat sogenannte Klassik. Haste ja schon gesehen.

Und Keith Jarrett. Ist das auch Klassik. Ja und nein. Er ist als klassischer Pianist ausgebildet. Also als Pianist für Klassische Musik. Und das kann er wirklich. Er hat aber auch selbst komponiert. Macht es immer noch. Denke ich. Spielt seine Stücke. In Konzertsälen. Sein ganz großes Werk ist eine Improvisation. Soweit ich weiß. Hat es in Köln gespielt. Und aufgenommen. Das *Köln Konzert.* Manchmal ruft er bei Konzerten etwas vom Klavier aus. Kann aber undiszipliniertes Publikum nicht ertragen. Bricht Konzerte ab. Gefällt mir. Läßt sich nicht viel bieten. Ist ein ganz Großer. Immer noch aktiv.

Emerson und so. Ist das auch Klassik. Nein. Und ja. Das ist eine moderne Gruppe gewesen. Aus den Siebzigern. Sie sind aber bekannt vor allem für eine Aufnahme. Die hab ich. Da haben sie Mussorgskys *Bilder einer Ausstellung* nachgespielt. Auf Englisch. Ich meine den Titel. Kamen ja auch aus England. Gespielt haben sie genau sein Stück. Soweit ich weiß. Die Ausstellung gab es wirklich. Mussorgsky hat die Bilder als Inspiration für seine Komposition genommen. Das ist das Stück. Und das haben Emerson und so weiter dann gespielt. *Pictures at an Exhibition*. Die sind in den Siebzigern auch zurück gegangen. Zu den Wurzeln. Zur Klassischen Musik.

Cat Stevens auch. Nein. Das war ein anderer Fall. Ein ganz anderer. War aber auch so ein bißchen Folk-Musik-angehaucht. Hat seine eigenen Stücke gemacht. War auch wegen seiner Stimme sofort erkennbar. Hat man gleich gemerkt. Sein bekanntestes Stück. Denke ich. Ist *Morning has broken.* Ist ganz besonders. Muß man hören. Das kann man nicht erklären. Später hieß er dann Jusuf Islam. Hat sich selbst konvertiert. Zum Islam. Und den Namen geändert. Spielt aber immer noch. Und tritt auf. Denke ich.

Er legte eine Platte auf. Ein schwarzes Ding auf den drehenden Teller. Was ist das. Emerson Lake & Palmer. Die ich erwähnte. Die mit Mussorgsky. Der wiederum ein Russe war. Im 19. Jahrhundert. Da hat er komponiert. Und das haben dann Engländer nachgespielt. Als Revolution. Der Siebziger.

Heike hörte zu. Es knisterte. Gerade am Anfang. Dann war die Musik weitgehend rein zu hören. Ohne Knistern. Thomas nahm sein Glas und ließ es gegen Heikes prallen. Heike hielt das Ihre fest. Weitgehend fest. Aber so flexibel. Daß es einen schönen Klang gab. Thomas war abergläubisch. Es mußte einen schönen Klang geben. Beim Anstoßen. Sonst war da etwas falsch. Bei Heike nicht. Da war nichts falsch. Sie trank. Er trank. Der Wein stürzte hinab. Im Hals herunter. In den Magen. Dort blieb er. Erst einmal. Dort bereitete er sich aus. Ein schönes Gefühl. Breitete er dort aus. Es machte so schwerelos. So leicht. Fliegend. Anders. Nach den letzten Tagen. War es wie eine Erlösung. Für Heike. Auch für Thomas. Bei ihm nicht genau so. Aber.

Heike saß jetzt. Setzte sich. War im Begriffe. Sich zu setzen. Saß. Zum Schutze. Hatte sie das Glas Wein. Vor sich gestellt. Hielt es. Immer wieder. In ihren Händen. Thomas sah ihre Hände. Die das Glas. Den Stiel des Glases. Umschlossen. Ihre Finger. Länglich. Hin. Länglich. Er hatte noch nie auf ihre Finger geschaut. Noch nie. So. Jetzt erst. Erstmals. Willst Du nicht Deine Jacke ausziehen. Heike war nicht zu warm. Sie zog sie aus. Dennoch. Sie gab den Schutz. Auf. Weg. War nicht mehr. War weg. Weit weg. So schutzlos. War sie. Thomas sah ihre Brust. Unter dem Pullover. Einem dünnen Pullover. Sie hob sich. Ab. Und zu. Und er sah. Die erhöhte Stelle. Er schämte sich. Daß er es sah. Daß er hin sah. Daß er Heike. Durch die Nippel. Oder durch die Lippen. Sah. Nur so sah. Aber so hat es die Natur eingerichtet. Angerichtet. Seit langem. Für lange. Zeit. Heike schien. Es nicht zu merken. Nicht zu bemerken. Bemerkte es nicht. Jedenfalls. Er saß jetzt auch. Auf dem Sofa. So-far. So nah. So fern. Heike stellte das Glas. Wieder. Zurück auf den Tisch. Mit den krummen Beinen. Schaute zu Thomas. Thomas. Schaute in die andere Richtung. Zu Heike. Nahm seine Hand. Die rechte. Er ergriff seine Hand. Und führte sie in Richtung. Der Heike. Ließ seine rechte. Die linke von Heike nehmen. Er fuhr über ihren Rücken. Hand. Rücken. Ihre Äderchen. Die dort sich abhoben. Von der Haut. Des Rückens. Der Hand. Er sah feine Härchen. Spürte sie aber nicht. Zu fein. Zu zart. Er nahm Heike. Heikes Hand. Linke. Und zog sich etwas zu sich. Die Hand. Der Heike. Und Heike damit mit. Ein bißchen. In

Gedanken. Er küßte Heike. Heikes. Rücken. Der Hand. Heike.

Sie legte eine neue Platte auf. Die Technik hatte sie nicht gekannt. Doch jetzt wußte sie es. Wie es geht. Hatte die Platte ausgesucht. Ausgewählt. Die Auswahl war groß. Quälerisch. Sie entdeckte nichts. Was sie kannte. Gekannt hätte. Nichts. Es war etwas. Von Tschaikowsky. Der Name gefiel ihr. Russisch. Wie Mussorgsky. Sie hatte schon lange nicht mehr. Nicht mehr. Mit einem Mann. Einem Jungen. Nur mit einem. Vor drei Jahren. Kurz vor ihrem Abschied. Aus ihrem Ort. Da hatte sie ihn kennengelernt. Sie kannten sich schon länger. Aber so richtig. Erst dann. Und. Es war passiert. Mehrmals. Er war der erste. Der einzige. Für sie. Für ein Universum. Und nun. Heute. Jetzt. Gerade. Soeben. Die Studenten heute. Waren zurückhaltend. Zurückhaltender. Schüchtern. Das war 1968 sicherlich anders. Thomas hatte es damals. In der Cafeteria. Angedeutet.

Thomas kam ins Zimmer zurück.

Ein Ei. Ja. Magst Du Rührei. Nein. Eigentlich nicht. Gekocht ist auch gut.

Die Küche war anders. Modern. Moderner. Nicht 18. Jahrhundert. Oder so. Sie setzte sich auf einen Stuhl. Am Tisch. Ohne krumme Beine. Gerade. Beine aus Chrom. Aus Stahl. Mit Chromüberzug. Sie war befangen. Sie waren befangen. Gefangen. Thomas spürte es. Besonders. Lag es an seinem Alter. Vermutlich. Ja. Wenn man jung ist. Ist das alles nicht so. Nicht so befangen. Ist man nicht so befangen. Vermutlich. Aber jetzt. Er ist jetzt 68. Ist alles anders. Schwieriger. Komplizierter. Befangener.

Trinkst Du Kaffee. Oder Tee. Oder. Ich meine. Mal so. Mal so. Heute Kaffee. Bitte. Ich kann ihn aber selber machen. Habe ich schon mal gemacht. Ich habe auch schon einmal Schuhe zugebunden. Nicht oft. Ist auch schon lange her. Sehr lange. Aber habe ich schon. Oder Lampen eingeschaltet. Schon länger her. Aber damals ging es. Wie. Weiß ich nicht. Aber ging. Kaffee auch.

Kein Problem. Ich will ja auch welchen.

Heike. Ganz unbefangen. Anders als sie dachte. Anders. Als er. Dachte. Du willst schon 68 sein. Das habe ich aber nicht gemerkt. Gestern. Abend. Nachmittag. Tag. Gar nicht. Thomas. Errötete. Innerlich. Zumindest. Wußte nicht. Ob auch äußerlich. Ja. Überraschungen. Gibt es immer wieder. Auch für mich. Meine Frau ist schon 12 Jahre tot. Ich hatte keine Ahnung. Es lag natürlich. An Dir. An dem Zusammensein. Mit Dir. Das wars. Du warsts. Warst es. Alles. Hast mich. Sozusagen erweckt. Wieder erweckt. Aus dem Schlaf. Über Jahre.

Bist von einem Jungen kaum zu unterscheiden.

Nahm eine Scheibe. Schnitt sich von ihm. Eine Scheibe ab. Heike. Das Brot. Butter. Messer. Scharf wie die Nacht. Frisch gewetzt. Frisch geschliffen. Offenbar. Offensichtlich. Man kann es spüren. Sich daran schneiden. Ging durch die Butter. Wie geschliffen. Kirsch. Blüte der Marmelade. Auf dem Brot. Lag auf der Butter. Fläzte sich auf der Butter. Kirsch schämte sich nicht. Gar nicht. Lag in voller Breite. Im Schein der Lampe. Auf der Butter. Und schämte sich so was. Nichts. Nicht. So einfach hat es Marmelade im Leben. Und wir. Wir machen uns. Gedanken. Brot. Scham. Schuld.

Er goß nach. Wasser. Auf den Kaffee. Kaffee. Auf den Kaffee. Der Tee. In die Tasse. Auf dem Tisch. Ohne Beine. Ohne krumme. O. Beine. Hier sitze ich immer. Morgens. Alleine. Meistens. Ich meine. Ich sitze meistens hier. Wenn ich nicht gleich zur Vorlesung gehe. Oder nicht gehe. Das ist meine Welt. Klein. Alt. Aber mein.

Heike spürte einen Vorwurf. Wegen gestern. Wegen des Gestern. In ihren Augen. Als sie sah. Seine Wohnung. Sein Sofa. Seine Möbel. Seine Bücher. Teppiche. Seine Platten. Sie meinte. Einen Vorwurf zu spüren. Der aber nicht da war. War da. In ihr. Heike. Deine Welt. Gefällt mir. Thomas. Brauchst Du nicht zu sagen. Mir ist klar. Daß Du in einer anderen Welt lebst. Das ist alles neu. Für Dich. Komisch. Merkwürdig. Hast Du noch nie gesehen. Gehört. Gespürt. Das ist Vergangenheit. Du lebst. Heute. Morgen. Ich bin. Vergangenheit. Mit mir. Meine Welt. Mein Haus. Meine Wohnung. Ja. Für mich wirkte es. Wie ein Museum. Im Museum. Habe ich solche Sachen schon mal gesehen. Es wirkte auf mich. Wie im Museum. Ein bißchen. Ich wußte nicht. Daß man so leben kann. Darin leben kann. Daß Menschen. Darin leben. Wie Du. Und Du bist. Der Moderne. Unter uns. Uns vieren. Und weit darüber hinaus. Denke ich.

Thomas schnitt einen Apfel. Mitten hinein. Schnitt. Mitten ins Herz. Holte das Herz. Heraus. Warf es weg. Achtlos.

In den Eimer. Woher alles Leben. Stammt. Fühlte nichts. Dabei. Er biß. In das Stück. Herzloses Stück. Heike sah ihm zu. Dabei. Sah stumm zu. Sah ihm zu. Ohne Vorwurf. Wie er biß. Biß. Er wirkte. Nicht alt. Seine Zähne. Waren noch jung. Eher jung. Kein Altengebiß. Eher normal. Gut. Gepflegt. Prüfte. Wie man bei Pferden das Gebiß prüft. Bevor man es kauft. Das Pferd. Mit dem Gebiß. Natürlich. Er hatte bestanden. Fühlte es. Daß er. Bestanden hatte. Geprüft wurde. Auf dem Prüfstand. Stand. Und auf des Messers Schneide. Daß es. Um alles. Um viel. Ging. Er spürte. Daß ihm das Zeugnis ausgestellt wurde. War er erleichtert. Spürte. Daß es auch anders hätte sein. Ausgehen. Hätte ausgehen. Können. Was. Dann.

Und wie geht es jetzt weiter. Mit uns. Du bist frei. Zu entscheiden. Wenn Du nicht weiter willst. Wenn Du nicht willst. Daß es weiter geht. Mit uns.

Die Frage. Stand im Raum. War gestellt. Niemand. Wußte. Wer sie gestellt hatte. War nicht gestellt. Niemand. Wollte nicht. Gestellt haben. Daß sie gestellt war. War. Aber.

Fünfundvierzig. Ja. Fünfundvierzig. Das trennt uns. Jahre. Mehr als zehn. Mehr als vier mal zehn. Sag nicht mehr. Bitte. Ich weiß.

Ist es Dir vielleicht peinlich. Eine so junge Freundin zu haben.

Ist es Dir vielleicht unangenehm. Einen so alten Mann zu haben.

Ich weiß es nicht. Ich will. Dich. So leer ich bis gestern war. So wenig ich wußte. Bis ich Dich gestern traf. Wieder traf. Ich fühle mich jetzt. Ganz klar. Ganz sicher. Alles andere. Wie weggeblasen. Vorgestern. Da war ich leer. Ganz. Leer. Da wußte ich noch nicht. Daß ich irgendeinen. Von Euch. Von Dir. Oder Lorenz. Oder vielleicht auch. Daß ich einen von Euch. Wollen würde. Will. Komisch. Nicht. Wie das geht. Das Leben spielt.

Ich habe es Dir schon vor einigen Tagen. Vorgestern. Gesagt. Ich wollte nicht. Ich war außen vor. Ich war alt. Bin alt. Wollte nicht. Mich bei Euch hineindrängen. Und dann auch noch konkurrieren. Mit Lorenz. Und dem anderen. Hätte auch nicht gedacht. Daß ich da irgendwie im Spiel wäre. Sein könnte. Dachte nicht. Ich fühlte mich. Nicht verwirrt. Leer. Aber wußte. Auch nicht. Wie Du. Erst gestern. Oder vorgestern. Genau gesagt. Ist mir mehr klargeworden. Bis dahin nicht.

Willst Du heute in die Uni. Wie immer. Wir sehen uns dann wieder. Nach der Uni. In der Uni. Am Ende. Der Uni. Ich kann Dich mitnehmen. Dorthin. Von dort. Hierhin. Dann mußte auch nicht. Den ganzen Tag alte Sachen sehen. Möbel. Teppiche. Mich. Du willst mich loswerden. Nein. Ich weiß. Daß ich heute in der Uni nichts zustande bringen werde. Weil ich nur an Dich. Trotzdem. Du mußt ja im Semester weiterkommen. Ich möchte aber bei Dir bleiben. Wenn Dein schwaches Herz es noch aushält. Noch zuläßt. Möchte noch einmal von Dir. Möchte mit Dir. Du in mir. Oder willste nicht. Magste nicht.

Kannste nicht. Meinste. Oh. Doch. Willste Lorenz aus dem Wege gehen. Ja. Nein. Weiß nicht. Besonders angenehm ist es aber nicht. Wird es nicht sein. Würde. Von daher. Ja. Ich will ihm aus dem Weg gehen. Aber das ist nicht der Grund. Warum ich bei Dir. Hier. Bleiben will. Jetzt. Heute. Die ganze Zeit. Ich will Dich. Noch einmal. Noch zweimal. Noch vielmal. Hast Du Angst. Vor mir. Vor dem was ich sage.

Ich weiß es nicht. Noch nicht. Ich bin 68. Meine Frau ist, Du weißt es, seit zwölf Jahren tot. Ich habe seitdem nicht mehr. Du weißt schon. Weiß nicht was ich durchstehe. Schöner Ausdruck. Wäre mir nicht eingefallen. Aber eingefallen ist es ja in der Tat nicht. Nicht zu schnell. Bei Deinem Alter. Ich meine. Bei Deinem Geburtsjahr ist das echt toll. Aber daß Deine Frau schon seit 12 Jahren tot. Weiß ich jetzt. Das kann ich mir. Obwohl total jung kann ich es mir bis zum nächsten Mal durchaus merken. Ja. Gut.

Es herrschte Stille. Zwischen Ihnen. Dann küßte Thomas. Sie. Heike. Und Heike. Gab zurück. Ich möchte Dich. Wieder in mir. Laß uns noch einmal. Bevor Du Deinen Rollator holtst.

Zum Frühstück wollte Heike nur einen Kaffee. Kein Ei. Thomas. Nimm doch zwei. Heute wollten sie aber wirklich. Zur Uni. Thomas kam sich vor. Fühlte sich. Wie ein Schuljunge. Der die Schule geschwänzt hat. Um dumme Sachen zu machen. Dabei hatte er. Keine dummen Sachen gemacht. Sondern Heike. In seinen Armen gehalten. Ganz eng. Umschlungen mit ihr gelegen. Sich bewegt. Ganz eng.

Wollen wir heute versuchen. Zur Uni zu gehen. Zu kommen. Zu fahren. Laß es uns versuchen. Wir müssen ja auch mal wieder normale Dinge tun. Ich meine. Was man allgemein für normal hält.

Oh Gott. Ich habe völlig vergessen. Daß wir jetzt mit der Kneipe Ernst machen müssen. Daß wir einen engen Zeitplan haben. Haben müssen. Daß es weitergehen muß. Ich habe uns alle zur Ordnung gerufen. Und jetzt lottere ich im Bett herum. Vergesse die Termine. Die ich mir und uns gesetzt habe. Der Koch steht auf der Matte. Sollte. Tut es nicht einmal. Weil ich ihn nicht eingeladen habe. Dabei ist das so wichtig. Damit wir einen geordneten Zeitplan haben. Einhalten können. Ich muß jetzt unbedingt telefonieren. Wir haben so viele Themen offen. Viel zu viele. Und alle verlassen sich auf mich. Weil ich das so gesagt habe.

Thomas wurde nun aktiv. Sehr aktiv. Hektisch. Oder so. Ihm fielen alle Dinge ein. Die er nicht gemacht hat. Hat schleifen lassen. Nicht bewegt hat. Wenn auch nur für zwei oder drei Tage. Das war aber entscheidend. Jetzt. In dieser Phase. Wollen wir uns zusammen mit dem Koch treffen. Also mit dem Kandidaten. Dann kannst Du gleich mit auswählen. Wenn Du magst. Heike. Ja. Gerne. Laß uns das machen. Zusammen.

Und dann müssen wir mit der Behörde reden. Wegen der Gaststättenerlaubnis. Die wollen die Räume sehen. Und vorher müssen wir noch. Und vor allem müssen wir die anderen treffen. Lorenz. Und den anderen Lorenz. Auch wenn es Dir nicht so angenehm ist. Mir auch. Das müssen wir.

Und was machen wir mit den anderen zwei. Sagen wir es. Ihnen. Ja. Natürlich. Das müssen wir doch. Das wollen wir. Oder. Ja. Das müssen wir wohl. Ich will danach auch mit Lorenz reden. Er muß. Ich muß es ihm sagen. Wie es war. Damit er versteht. Ein wenig versteht. Ja. Natürlich.

Thomas berief die Gruppe für den Abend ein. Er erreichte alle. Lorenz. Und den anderen. Um 8 Uhr. Abends. Der andere Lorenz war der erste. Als letzter kam Lorenz. Er bemühte sich. Unbeteiligt zu schauen. Noch hatte Heike. Und Thomas hatten noch. Nichts gesagt. Noch nicht offenbart. Daß sie jetzt zusammen. Ein Paar sind. Bevor wir zur Tagesordnung kommen. Möchte ich etwas sagen. Euch sagen. Wir möchten. Es ist alles jetzt ganz frisch. Heike und ich. Nun. Wir sind jetzt zusammen. Seit gestern. Oder vorgestern. Wir möchten Euch das natürlich direkt sagen. Hiermit. Lorenz atmete nicht. Blieb ruhig. Man sah ihm nichts an. Atmete nicht. Das Weltgericht hatte über ihn schon geurteilt. Das Urteil gesprochen. Über ihn. Über ihn getagt. Über ihm getagt. Ohne Verkündung. Jetzt war es die Bekanntmachung. Das. Was schon länger feststand. Nicht erst seit gestern. Oder vorgestern. Sondern schon einige Tage mehr. Seit dem Gang. Dem Flur in der Uni. Seit dem Standgericht. Er nahm das Urteil. Ohne erkennbare Regung entgegen. Wie es in Zeitungen heißt. Sie besprachen die Dinge. Die zu besprechen sind. Ja. Gut. Dann sehen wir uns in drei Tagen wieder. Ja. Gut.

Heike. Und Lorenz.

Lorenz. Hast Du noch kurz Zeit für mich. Eigentlich. Aber gut. Ja. Heike. Sie gingen heraus. Vor Thomas. Und vor dem anderen Lorenz. Gingen auf die andere Straßenseite. Gingen zur Seite. Lorenz. Das. Was Du mir vor einigen Tagen. Vor dem Wohnheim. Gesagt hast. Gefragt hast. Hat mich sehr aufgewühlt. Ich konnte nicht. An dem Abend. Konnte nicht. Nichts dazu sagen. Wußte nicht. Nichts. Gar nichts. Ich war wie leer. Völlig leer. Bin einige Tage ganz leer herumgelaufen. Ohne Ziel. Ohne Endpunkt. Habe zuhause gesessen. Mir überlegt. Versucht zu überlegen. Was ich will. Wohl will. Wußte nicht. Es nicht. Gar nicht. Nichts. Habe mir Listen gemacht. Was wohl. Für und gegen. Habe danach nur Thomas getroffen in der Uni. Auf dem Gang. War das erste Mal. Daß ich nach unserem Gespräch mit jemandem sprach. Hat mich angerührt. Hat meine Leere verändert. Ich war nicht mehr so leer. Hohl. Ohne Wissen. Was ich will. War besser. Und dann habe ich Thomas. Zufällig. Kurz darauf. Am Tag danach. Oder so. In der Stadt getroffen. Wo ich nie bin. Sonst nie. So ist es.

Ich weiß. Du denkst. Daß ich nicht ehrlich war. Vor dem Wohnheim. Vor ein paar Tagen. Ich wußte aber wirklich nicht. Hatte mir nie. Gedanken dazu gemacht. Klingt komisch. Ganz komisch. War aber so. Ich wollte Dir. Will Dir. Das direkt sagen. Ist alles. So verrückt. Ja. Sagte Lorenz. Ging zu seinem Fahrrad. Ergriff es. Führte es zur Straße. Fuhr. Ab.

Der andere Lorenz war auch herausgekommen. Aus der Kneipe. Aus dem Licht. In das Dunkel. Die Straße. Ging er entlang. Heute zu Fuß. Nach Hause. Ohne Lorenz. Ohne Fahrrad. Ohne sie.

Heike. Allein.

Thomas. Was machen wir jetzt. Weiß nicht. Fahren wir zu mir. Nein. Ich glaube. Es ist besser wenn ich eine Nacht zuhause verbringe. Im Wohnheim. Sonst weiß ich gar nicht mehr wo es ist. Verstehe. Du meinst. Du mußt mal wieder eine Nacht. Ohne Sofa. Porzellan und so verbringen. Ja. Mach das. Wir sehen uns morgen. In der Uni. Ja. Ich nehm Dich noch mit zum Wohnheim. Nein. Laß es. Ich laufe. Muß laufen. Wie der andere Lorenz. Brauche die Nacht. Die Dunkelheit. Gute. Nacht.

Die erste Nacht. Allein. In ihrem Zimmer. Wohnung. 22 qm. Groß. Allein. Die erste Nacht. Seit zwei Tagen. Oder drei. Die erste Nacht. Wie es klingt. Wie es sich anfühlt. Merkwürdig. Kann es sein. Nach zwei oder drei Tagen. Nein. Doch. Sie fühlte sich. Einsam. Merkwürdig. Sie fühlte sich gut. Bei Thomas. Aufgehoben. Sie dachte an ihn. An die Tage. Und Nächte zuvor. An das. Was dort. Was dann geschah. An alles. Was sie vorher nie erlebt hatte. Diese Enge. Diese Vertrautheit. Nach zwei Tagen. Die Befangenheit. Auf der Parkbank. Und zuvor im Gang. In der Uni. Und dann mit Thomas. Bei ihm in der Wohnung. Voller Möbel. Gegenstände. Dinge. Die anders waren. Als alles was sie kannte. Bei Menschen in Wohnungen kannte. Und nach zwei Tagen schon so vertraut. Die Wohnung. Die Möbel. Thomas.

Sie schlief. Direkt. Was sie sonst nicht konnte. Direkt ein. War müde. Von allem. Was geschehen war. Körperlich. Auch. Und auch sonst. Sie schlief. Bis zum Wecker. Der Wecker hörte ihr zu. Kontrollierte ihren Schlaf. Bis es reichte. Dann sagte er. Sang er. Den Ton. Den Weckerton. Den Weckton. Dann ging er. Damit. Ihr auf den Wecker. Sie duschte. Seit Jahren mal wieder. Erstes Mal. Alleine. Seit Jahren. Zwei. Oder drei. Tagen.

Sie hatte nichts zum Frühstück da. Kein Ei. Kein nichts. Sie machte sich einen Schnellkaffee. Zum Aufguß. Von Erinnerungen. Die nicht mehr so waren. Wie am Tag zuvor. Nicht mehr. Da waren. Aufguß. Höchste Zeit. Wieder die Erinnerung zu spüren. Am ganzen Tag. Am ganzen Leib. Zwischen den Schenkeln. An der Brust. Am Mund. Ellenbogen. Dieses. Fallenlassen. Zersplitterte. Auf dem Steinboden. Das Glas. Vom Fallenlassen. Kann das laut sein. Fallenlassen. Glas. Auf Stein. Zwischen den Schenkeln. Das hatte sie noch nicht erlebt. Wie fern. Und nah das war. Thomas. Und die ganze Welt. Zwischen ihr. Ihren Schenkeln. Fallenlassen. Im Rausch. In Thomas. Auf ihm. Auf Thomas. Sie stand. Bewegte sich nicht. Sorgte. Daß die Erinnerung zerplatzte. Wenn sie sich bewegte. Fallenlassen. Wie Glas. Auf Stein. Blieb. So stehen. Unberührt. Ungerührt. Kein Windhauch. Jetzt. Bitte. Alles wie. Zwei oder drei Tage. Davor.

Nach einer Viertelstunde. Bewegte sich erstmals wieder. Holte einen Besen. Kehrte. Kehrte weg. Das Glas vom Stein. Vom Zersplittern des Fallenlassens auf der Wirklichkeit. Wollte nicht. Wollte anders.

Sie nahm ihr Fahrrad. Schloß. Schlüssel. Schloß das Schloß. Mit dem Schlüssel. Auf. Fuhr. Zur Uni. Vorlesung. Sie saß. Hörte. Heute. Anders als vor ein paar Tagen. War sie da. Nicht nur da. Sondern wirklich. Da.

Dennoch. Hörte sie nicht richtig zu. Ihre Gedanken. Gingen zu ihm. Zu dem Bett. Auf dem sie sich wälzten. Nachts. Nicht des Tags. Da waren sie im Wohnzimmer. Es war ja Tag. Wälzten sich dort. Auf dem Boden. Neben dem Sofa. Auf. Unter. Sie bückte sich. Für ihn. Im Rausch. War das sie. Die Studentin. Der Geographie. Im xten Semester. Ungeküßt. An der Uni bislang. Von keinem Mann. Genommen. Keiner. Der ihre Schenkel sah. Nackt. So. Einfach. Wie sie waren. Ohne Stoff. Ohne Verkleidung. Nackt. Nacktes Fleisch. Der sie nicht nur sah. Sondern begriff. Begreifen wollte. Schmeckte. Die Schenkel schmeckte. In sie tauchte. Ab. Tauchte. Versenkt. Versunken. War in ihr. Sie hätte schreien wollen. In der Vorlesung. Vor allen. Prof. Kommilitonen. Schreien wollen. Vor Wollust. Die in ihr hochstieg. Jetzt. Nachdem sie nicht bei ihm war. In der Vorlesung. Unendliche Lust stieg in ihr hoch. Sie hätte. Konnte sich nur mühsam.

Sie war erschrocken. Entsetzt. In einem Rausch. War. In der Vorlesung. Was war mit ihr. Passiert. In der Vorlesung. Sie war. Wahnsinnig. Jetzt. Hier. In der Uni. Der Gedanke. An Thomas ließ sie verrückt werden. Hoffentlich hört es bald. Auf. Das muß. Ein Ende haben. Nehmen.

Sie saß immer noch. Im Hörsaal. Alle anderen waren längst. Weg. Sie konnte wieder an einfache Dinge. Denken. An Bäume. Fachbücher. Themen. War froh. Daß sie nicht verrückt. Ganz verrückt war. Geworden war.

Sie traute sich jetzt. In den Flur. Auf den Gang. Vor den Hörsaal. Ging durch die Uni. Zögerte. Ob sie zur Cafeteria sollte. Wollte. Machte die Mutprobe. Ging dorthin.

Aber niemand. Von den anderen. War da. Auch Thomas nicht. Setzte sich. Mit einem Becher Kaffee. An einen Tisch. Mit geraden Beinen. Das Nötigste. An Beinen. Anders als bei Thomas. Und auch dem Tisch. Bei Thomas. Sie dachte. Bitte jetzt nicht. Die Beine. Von Thomas. Bitte. Doch. Sie dachte. Es. Stieg auf in ihr. Sie konzentrierte sich. Auf den Regen. Den sie sah. Ahnen konnte. Durch die Scheiben. Der Cafeteria. Hörte. Wie er auf das Vordach. Platzte. Platschte. Ja. Das tat gut. Den Regen zu hören. Wie schön. Das war gut.

Sie saß eine Weile. Verweilte. Hier. Einige Zeit. Endlose Zeit. Die Tischbesetzer wechselten mit der Zeit. Sie blieb. Dann entschied sie sich zu Thomas zu gehen. Zur Blassen. Zu den. Zu seinen Büchern. Tat es. Entschied sich. Ging. Zu ihm. Thomas saß. An seinem Platz. Wie immer. Fast. Er sah sie sofort. Von weitem. Sah sie nah. Von weitem. Thomas lächelte. Leise. Heike. Ging auf Thomas. Zu. Leise. Sie wußte nicht. Wie man auf jemanden zugeht. Auf jemanden. Mit dem man die letzten zwei. Oder drei Tage. Verschlungen lag. Auf dem Bett. Dem Sofa. Dem Teppich. Auf ihm. Er auf ihr. In ihr. Wie man. Das macht. War verunsichert. Etwas. Ging auf Thomas zu. Unendlich war die Entfernung. Spürte sie. Bis sie direkt bei ihm stand. Er nahm ihre Hand. Streichelte sie. Ganz leise. Schreie in ihr. Es war wieder. Wie vorgestern. Und gestern. Er nahm seine Hand. Glitt über ihre Wangen. Unendlicher Schmerz. Der Freude. Tief drinnen. Im nirgendwo. Wo. Thomas. Ich wollte. Ganz leise sprach sie zu ihm. Ja. Thomas verstand. Laß uns raus gehen. Schon standen sie auf dem Flur. Der Uni. Im Gebäude. Sie sahen sich. An. In die Augen. Bewegten die Gesichter. Aufeinander zu. Hielten Abstand. Nur wenig. Abstand. Laß uns fahren. Zu mir. Willst Du. Ja. Machen wir es. Fahren wir. Zu Dir.

Die vier.

Thomas ging noch einmal zurück. Mußte die Bücher. Die an seinem Platz lagen. Mußte sie zurückbringen. Zurück ins Regal. Ins Körbchen. Er ging noch einmal zu seinem Platz. Nahm seine Sachen. Und den Stift. Ging zum Ausgang. Wo Heike wartete. Leicht berührten sie sich. Heike ihn. Thomas sie. Gingen. Aus dem Gebäude. Zum Parkplatz. Zu seinem Auto. Er öffnete. Sie setzte sich. In das Auto. Neben ihn. Sie bewegte den Kopf. Zu ihm nach links. Er schaute. Zu ihr. Ihre Lippen trafen sich. Öffneten sich. Für einander. Wie in den letzten Tagen. So oft.

Wir haben heute Abend wieder einen Termin. Mit Lorenz. Und so. Können wir nicht absagen. Nein. Geht nicht. Absagen. Geht nicht. Sie fuhren. Zu ihm. Er legte eine Platte auf den Teller. Die Scheibe. Auf die Scheibe. Laß uns überlegen. Was wir heute genau besprechen. Müssen.

Heute Abend war Thomas wieder voll bei der Sache. Ordnete. Dinge. Ordnete. An. Vergab. Aufgaben. Termine. Forderte ein. Und zum 1. August müssen wir eröffnen. Sonst ist der Sommer vorbei. Dann verzögert sich alles. Dann bricht die Finanzierung zusammen. Den Koch haben wir schon. Aber wir müssen jetzt Nägel mit Köpfen machen. Auch bei den anderen Themen. Das heißt aber auch. Wir müssen jetzt die Speisekarte festlegen. Im Rahmen dessen was der Koch machen kann. Das haben wir ja schon geklärt. Vorgeklärt. Und dann muß die Speisekarte in Druck gehen. Die Gestaltung und so. Sind ja schon geklärt. Von Heike. Vor Wochen. Wir müssen aber vor allem Werbung machen. An der Uni. In der Stadt.

Am Gebäude. In der Zeitung. Wer macht das. Wer hat Lust dazu. Ihr habt doch bestimmt. Lust. Sagte Lorenz. An Heike. Und Thomas gerichtet. Lustig. Sehr lustig. Also wer macht es. Thomas schaute. Den anderen Lorenz an. Wir beide. Machen wir beide es. Wir haben bislang noch gar nichts zusammen gemacht. Der andere Lorenz. War überrascht. Hatte damit nicht gerechnet. Hatte mit keinen Aufgaben gerechnet. Konnte nichts sagen. Nicht viel. Zuckte. Nichts fiel ihm ein. Ja. Ja klar. Können wir machen. Also gut. Sagte Thomas. Dann machen wir das.

Und wer organisiert den Einkauf. Von Getränken. Lebensmitteln. Und so. Die Lebensmittel wird später der Koch besorgen. Aber am Anfang müssen wir. Die Getränke kriegen wir über den Bierverlag. Aber das muß trotzdem organisiert sein. Heike. Lorenz und Heike. Macht Ihr das. Lorenz war überrascht. Wie Heike. Niemand hatte vorher darüber gesprochen. Auch Thomas nicht. Thomas war selbst überrascht. Von sich. Von seinen Ideen. Heute. Lorenz antwortete. Zögernd. Gequält. Aber dann ja.

Gut. Dann müssen wir noch die Arbeitskräfte organisieren. Einteilen. Steuern. Lorenz. Du hattest doch schon geeignete Leute ausgewählt. Aus der Uni und so. Die Konditionen sind ja auch schon klar. Als Nebenjob. Bis 450 Euro. Wir brauchen jetzt viele. Wir fangen am 1. August an. Und steigen voll ein. Wer teilt ein. Stellt sicher. Daß die Leute auch wirklich können. Und kommen. Lorenz. Kannst Du das auch machen. Anderer Lorenz. Du auch. Ihr beide. Geht das.

Dann brauchen wir noch die Kasse. Und ein Konto. Für alle Gelder. Ein. Und Aus. Das kann ich machen. Noch etwas vergessen.

Keine Hand. Keine Zunge. Rührte sich. Na. Dann scheint es ja gut. Alles.

Übermorgen müssen wir uns wieder treffen. Jetzt ist das ganz wichtig. Daß wir abgestimmt sind. Eng abgestimmt. Und jeder weiß was der andere. Was die anderen machen. Und wo es eng wird. Das ist ganz wichtig. Denke ich. Jetzt vor allem.

Heike fragte Lorenz wann sie sich treffen können. Wollen. Sollen. Morgen Nachmittag. In der Uni. Um 5. Ja gut. Im Innenhof.

Am nächsten Tag. Trafen sie sich. Heike. Und Lorenz. Im Innenhof. Um 5. Auch Lorenz. War pünktlich. Heike hatte damit nicht gerechnet. Hallo. Lorenz. Hallo. War für Dich sicherlich eine Überraschung. Keine schöne. Ja. Ich wollte Dir sagen. Ich wußte nichts davon. Hat Thomas spontan entschieden. Thomas will. Daß wir alle miteinander können. Wir er das so sagt. Denke ich. Er will. Daß keine Untergruppen entstehen. Auch nicht zwischen uns. Thomas. Und mir. Ich war genauso überrascht. Wie Du. Aber ich glaube. Das ist in Ordnung. Das ist. Gut.

Jetzt müssen wir aber noch festlegen. Mit wie vielen Personen wir am ersten Wochenende rechnen. Zu rechnen haben. Das können wir zwei. Das können wir nicht bestimmen. Festlegen. Das müssen wir alle machen. Das Risiko kann nicht einer tragen. Allein. Ja. Stimmt. Der

Lorenz. War anders. Natürlich. Als sonst. Traurig. Oder. Doch etwas anders. Still. Er sah Heike manchmal an. Aus den Winkeln. Der Augen an. Als etwas Verlorengegangenes. Heike spürte es. Merkte aber nichts. Sie spürte. Wie sein Blick. Auf ihr lag. Wie viele Gewichte. Schwer. Erdrückend. Aber verständlich. Da hatte jemand. Heike vor seinen Augen. Vor ihm. Weggeschnappt. Ohne bessere Gründe. Ohne besseres Recht. Einfach so. Weg. Geschnappt. Und sie ließ es mit sich machen. Schien daran Vergnügen zu haben. Viel zu viel. Er konnte. Er wollte. Gar nicht darüber nachdenken. Sah Heike. Und spürte tiefe Trauer. Verlust. Raub. Heike wars. Die ihn nicht wollte. Die Thomas wollte. Auffraß. Mit allem. Was sie hatte. Ja. Ich muß wieder. Hab noch ein Seminar. Wir sehen uns. Wiedersehen.

Thomas rief bei dem anderen Lorenz an. Die Nummer hatte er. Schon lange. Nie aber hat er dort angerufen. Jetzt. Das erste Mal. Du. Wir müssen uns treffen. Wir haben keinen Termin noch Treffpunkt vereinbart. Laß uns doch morgen früh um 11. An der Uni treffen. Da sind wir beide. So wie so. Ja. Thomas hatte nie mit dem anderen Lorenz. Wirklich gesprochen. Und umgekehrt. Ebenso. Nicht. Wenig. Sie waren beide befangen. Als sie sich trafen. Ohne den Lorenz. Oder Heike. Und ohne Heike. Aber sie hatten etwas zu besprechen. Das war was. Was sie zu tun hatten. Weißt Du. Begann Thomas. Ist merkwürdig. Aber wir haben noch nie. Glaube ich. Gesprochen. Miteinander. Geredet. Komisch. Ja. Stimmt. Das war. Das ist so. Ich möchte. Wir möchten. Daß das zwischen Heike. Und mir.

Uns vier. Uns alle. Nicht auseinander reißt. Das ist uns wichtig. Verstehe.

Sie besprachen. Was erforderlich. Gefordert war. Recht schnell. Aber durchaus harmonisch. Zum ersten Mal spürte Thomas. Das beim anderen. Mehr dahinter ist. Mehr drin ist. Als er bislang dachte. Der andere war nicht sehr gesprächig. Aber das was er sagte. Genügte. Thomas hatte nie gemerkt. Auch nur einen Hauch. Daß der andere. Lorenz der andere. Ironisch sein konnte. Leicht. Aber ironisch. Das war er.

Die nächsten Wochen waren anstrengend. Sehr. Das was zu tun war. Überstieg ihre Kräfte. Das was sie sich vorgestellt hätten. Ihren Horizont. Aber sie taten es. Jetzt mußten sie. Ging nicht anders. Ging. Heike und Thomas sahen sich. Aber nicht mehr so wie in den ersten zwei. Oder drei Tagen. Intensiv. Aber kürzer. An so viele Dinge war zu denken. War nicht zu denken.

Der 1. August. War ein Freitag. Ein guter Tag. Für den Beginn. Die Eröffnung einer Kneipe. Einer Pizzeria. Das war es. Im Sommer. Der Tag. Kam näher. Alle waren aufgeregt. Über alles. Würden die Arbeitskräfte kommen. Würden sie richtig arbeiten. Würden die Wege die die Bediener zu machen haben vielleicht zu lang sein. Werden. Zu schwierig. Unabgestimmt. Was konnte alles schief gehen. Ging schief. Dachten sie wenigstens. Aber so schief war es gar nicht. Ging besser. Als es hätte laufen können.

In der Uni waren sie in letzter Zeit immer wieder auf die Pizzeria angesprochen worden. Es war klar wer dahinter steckte. Sie. Die Vier. War klar. Allen. Niemand wußte. Woher. Woher die anderen das wußten. Aber. Sie wußten. Es war nicht zu früh losgegangen. Wie sie befürchtet hatten. Ursprünglich. Als Thomas sagte. Nicht das Projekt erwähnen. Das verbrennt sonst. Stimmt. Wäre so gewesen. War aber so nicht. Aber was heißt das für den Anfang. Für den Start. Für den ersten Abend. Kommen Gäste. Oder nicht. Sie wußten es nicht. Zehn Tage vorher hatten sie die Reservierung eröffnet. Es kamen einige Anrufe. Nicht viel. Viel zu wenig. Für den Eröffnungstag. Abend. Zu wenig. Zuviel. Von zu wenig. Der Koch stellte sich auf einen ruhigen Anfang an. Klingt gut. Ist aber schlimm. Eine Katastrophe. Zeichnete sich ab. Sie hatten zwei Uhrzeiten für Reservierungen vorgesehen. Zwei Uhrzeiten. 7. Und 9 Uhr. Abends. Öffnung um 5. Auch am ersten Tag. Dem 1. August. Erst um 5.

Kam. Der Tag. War da. Plötzlich. Lange ersehnt. Plötzlich war er da. Morgens trafen sie sich. Um 10 Uhr. Zur letzten Abstimmung. Vorbereitung. Besorgung. Dessen was nicht da war. Aber sein sollte. Da. Im Regal. Für die Küche. Für die Theke. Alles. Für die Pizzeria. Die Speisekarten. Waren erst ganz spät fertig geworden. Auf den letzten Drücker. Wie man sagt. Die Druckerschwärze war fast noch feucht. So viel Schwärze. War aber gar nicht. Sie waren bunt. Ziemlich bunt. Sehr. Sogar. Viel Rot und Blau. Es war wirklich gelungen. Obwohl niemand ein Experte war. Von ihnen. Keiner. Heike hatte einen guten Entwurf gemacht. Kleine Veränderungen. Ja. Das gab es noch. Aber im großen und ganzen war das auch das Ergebnis. Das Ende. Der Arbeit. Die Schrift war modern. Gefällig. Aber nicht albern. Die Karten machten gleich Appetit. Und die Preise auch. Waren. Reell. Real. Zivil. Was man so sagt. Wenn der Tag lang ist. Aber die Preise waren wirklich. Gut. Studentenfreundlich. Kundenfreundlich. Daher brauchten sie auch viel Umsatz. Viele Esser. Die in zwei Schichten viel umsetzen. Mindestens. Zwei.

Die Bediensteten. Wie man früher gesagt hätte. Waren für 15 Uhr bestellt. Nur die Küche. Nachdem am Donnerstag alle geprobt hatten. Das sollte genügen. Das Küchenpersonal und die Bedienungen mußten jetzt aber schon um 14 Uhr da sein. Mußte sein. Am ersten Tag. Die Tische mußten eingedeckt werden. Damit später alles schnell geht. Und damit von vornherein klar ist was hier erwartete wird. Essen. Essen. Viel Essen. Flasche Wein auf dem Tisch. Animierversuch. Wie in vielen Restaurants. Auch hier wurde es versucht. Man wurde ersucht. Der Gast. Ersucht. Zu versuchen.

Der Raum machte sich halbwegs gut. Zwei Stunden vor der Eröffnung. Keine Feier. Keine besonders Geladenen. Die Blumen mitbringen müssen. Und sich bei der Eröffnung mit Sektglas langweilen müssen. Nein. Das wollten sie nicht. Sie hätten auch viel zu wenig Anstößchen gekannt. Sie wollten Kundschaft. Normale. Zahlende. Normal zahlende. Normale Zahlende. Die Deko hatte sich als schwierig erwiesen. Sollte doch im Winter eine andere Art Kneipe entstehen. Schon in zwei Monaten. Am 1. Oktober. Dennoch. Es gefiel Ihnen. Es war bunt. Aber kein Kindergarten. Die Schwarzweiß-Fotos brachten dann doch Ruhe. Stille. Stil. In die Räume. Sie fanden. Daß es eine gute Mischung war. Über den Winter machten sie sich jetzt aber keine großen Gedanken. Noch.

Für die ersten Tage. Die erste Zeit. Hatten sie sich aufgeteilt. Bis es sich eingespielt hätte. Lorenz war für die Kasse und Einkauf verantwortlich. Der andere Lorenz für das Personal. Thomas für die Küche. Heike für den Service. Jeweils als Chef. In ihrem Bereich. Es stockte. Es hakte. An allen Ecken. Am ersten Abend. Aber auch später. Aber es kam nicht zur Katastrophe. Weil sie gut. Sehr gut. Vorbereitet waren. Eingespielt. Ohne es vorher je gemacht zu haben. Um halb 5 kam der erste Gast. Konnte man fast nicht sagen. Sie kannten ihn nicht. Er hatte sich vielleicht eher herverirrt. Kam nicht wegen der Werbung. In der Uni und so. Kannte die Schreinerei. Und sah nun. Daß hier eine Pizzeria war. Hatte wohl schon Hunger. War ja Freitag. Nach 4. Kam herein. Wollte sich setzen. Bestellen. Entsetzen. Was. Der erste Gast. Was machen wir da. Viel zu früh. Sie gaben ihm die Speisearte. Mit Getränken. Er machte etwas sehr Seltsames. Er bestellte. Obwohl er Gast war. In einer Pizzeria. Das löst einen Schock aus. Zum ersten Mal. Jemand bestellt. Heike fand zur Besinnung zurück. Erklärte. Daß dieses nichts wirklich Schlimmes sei. Letztlich ganz normal. Einfach ein Gast. Wie immer. Wie natürlich. Fast. Danach war es ruhig. Die ersten Reservierungen gab es für 7. Wie vorgesehen. Aber es kam niemand. Um 5. Um viertel nach 5. Um zwanzig nach 5 kamen die fast ersten Gäste. Ging ja nicht mehr. Der erste war ja schon da. Hatte sogar schon gegessen. Hat dort gesessen. Immer noch. Die Gruppe von 4 Personen. Nahm Platz. Schaute kurz. Dann entschieden die zwei Frauen. Wo sie sitzen würden. Wie immer. Mit Blick zum Raum. Die zwei Frauen. Die Männer schauten auf die Wand. Sie bestellten. Zwei Bier. Und ein kleines Mineralwasser. Und ein Glas Wein. Und ein Mißverständnis. Ah. Vom Hauswein. Das paßte. In der ehemaligen Schweinerei ein Hausschwein. Und sie bestellten später auch. Was halbwegs Richtiges. Salate. Pizza. Pasta. Basta.

Um viertel vor 6 füllte sich dann die Pizzeria. Obwohl noch nicht sehr viele da waren begann die Hektik. Breitete sich aus. Unnötig. Aber unvermeidbar. Das Gefühl. Auf das sie schon lange gewartet hatten. Jetzt. Endlich. Ging es. Los.

Niemand achtete auf die Reservierungen. Für 7. Oder 9. Die Tische wurden belegt. Wie gerade die Leute kamen. Und irgendwann waren mehr Tische belegt. So daß für die Reservierungen kein Platz mehr da war. Sie hatten auch keine Hinweise aufgestellt. *Der Tisch ist ab 7 reserviert.* Oder so. Was jetzt. Was tun. Sie waren ratlos. Heike. War für den Service zuständig. Entschied. Es werden genügend Leute rechtzeitig gehen. Und auf die freien Tische. Noch freien Tische. Freiwerdenden. Stellen wir die Hinweiskarten auf. Zur Reservierung. Ab 7.

Sie hatten Glück. Die Leute blieben meistens nicht viel länger. Als eine Stunde. Wollten Essen. Vor allem. Nicht viel Geld ausgeben. Daher gingen vor 7. Einige Tische. Wurden frei. Es genügte. Sie stellten nun sofort die Reservierungskarten auf. Für 9 hatten sie gelernt. Es ging einiges daneben. Beim Servieren. In der Küche. Beim Umfüllen. Beim Geldherausgeben. Aber insgesamt waren die Probleme nicht so groß wie ursprünglich gedacht. Vermutet. Heike kannte die Studenten die bedienten kaum. Hatte sie ja auch nicht ausgesucht. Arbeiteten nicht in ihrer Kneipe. Jedenfalls. Hätte sie gewußt. Sie kannte einige vom Sehen. Mehr nicht. Der andere Lorenz. War jetzt hierfür zuständig. Sie wunderte sich. Der andere Lorenz. War anders. Als er. Und als Lorenz. War aufgeschlossen. Gegenüber den Studenten. Die hier bedienten. Bedienen sollten. Heike. Die für den Service verantwortlich war. War vom anderen Lorenz abhängig. Plötzlich. Unerwartet. Es lief gut. Aber sie spürte es. Sie war abhängig. Wenn das vom anderen nicht so gut gemacht worden wäre. Nicht gut organisiert. Sie hätten riesige Probleme bekommen. Sie hätte bekommen.

Um halb neun stockte es. Es kamen kaum noch neue. Für 9 gab es Reservierungen. Wieder. 10 Personen. Nicht viel mehr. Die vier trafen sich zufällig. Wie zufällig. Um halb 9. An der Durchreiche. Von der Küche. Der Pizzeria. Ihrer Pizzeria. Und. Seid Ihr zufrieden. Fragte. Thomas. Wie viel Essen habt Ihr denn schon ausgegeben. 70. Ungefähr. Na. Das ist nicht üppig. Nicht zu üppig. Aber auch keine Katastrophe. Denke ich. Und wie läufts. Mit dem Service. Und so. Lorenz. Die Kasse klingelt. Aber nur 10 Flaschen Wein. Da wär mehr drin. Bisher ungefähr tausend. Euros. Na. Dann schauen wir mal. Wie es um halb elf bestellt ist. Bestellt. Ja. Für 9 gibt es noch ein paar Reservierungen.

Zusätzlich. Zu dem. Was vorher bekannt war. Rund 7 Tische. Nur 20 Personen. Ungefähr. Gut. Warten wir ab.

Sie hatten die Reservierungskarten rechtzeitig aufgestellt. War jetzt kein Problem. Blieb aber auch keines. Leider. Kurz vor 9 kamen die ersten Reservierten. Bis halb 10 die letzten. Von den 20. Ungefähr. Keine spontanen Gäste. Keine weiteren Reservisten. Für das Essen fassen. Nur die Reservierten. Mehr nicht.

Das Lokal schloß um 23.30. Letzte Bestellung. Fürs Essen. Bis halb elf. Es kamen nach 10 noch einige Neue. Nicht vorhergesagt. Nicht bestellt. Und bestellten. Trinken. Essen. Waren wohl im Kino. Oder so. Wollten jetzt noch was essen. Kamen aufs Geratewohl. Wie wohl. Und hatten Glück. Und hatten davon gehört. In der Zeitung. Vielleicht. Oder an der Uni. Waren es Studenten. Niemand wußte es. Keine alten Menschen. Junge. Aber Studenten. Niemand wußte. Bestellten. Das war wichtig. Wichtiger. Als ihre rechtliche Stellung. An der Uni. Oder nicht. Und es kamen noch mehr. Kurz vor 11. Eigentlich sollte es jetzt nichts mehr geben. Kein Essen. Nur trinken. Bis 11.30. Sie bedienten trotzdem. Und nahmen entgegen. Bestellungen. Entgegen ihrer Verabredung. Nur bis halb elf. Heute nicht. War anders. Anders als sonst. Als sonst in der Zukunft. War der erste Abend. Der erste Tag. Sie merkten auch nicht richtig. Wie spät es war. Nur der Koch. Er murrte. Vertraglich mußte er nur bis halb elf noch Bestellungen annehmen. Er teilte dieses Thomas und Lorenz mit. Ab jetzt sind alles Überstunden. Die kosten extra. Und zusätzlich. Ja. Heute ist ein besonderer. Tag. Nacht. Abend.

Thomas ahnte. Daß sie in Zukunft mit dem Koch etwas regeln müssen. Wenn es auch in den nächsten Tagen so weitergeht. Besser. Er fängt eine Stunde später an. Und macht dafür keine Überstunden. Aber das muß man erst mal mit ihm regeln. Es schien aber zwischen ihm und den Studenten. Die in der Küche halfen. Halbwegs zu klappen. Manchmal schrie er. Aber nur in der Küche. Nicht in den Schankraum. Wie man früher sagte. Schrie sagt man heute noch. Aber Schankraum. Wohl kaum. Das war eine erwartete Sollbruchstelle. Von Thomas. Erwartet von Thomas. Essen ist sehr wichtig. Auch wenn man dabei nicht viel verdient. Aber für das Laufen des Geschäfts. Sehr wichtig. Wenn es da hakt. Dann wird es schwierig. Sie hatten nicht darüber gesprochen. Aber Thomas. War es klar. Auch wenn er zuvor nie in der Gastronomie gearbeitet hatte. Nur konsumiert hatte er genug. Und war froh. Daß es jetzt doch ganz gut klappte. Zu klappen schien.

Um halb zwölf fragte Thomas. Lorenz. Wie steht es mit der Kasse. Ab 9 hat es noch 20 oder 30 Essen gegeben. Die bezahlt wurden. Die noch essen. Oder bestellt haben. Nicht mitgezählt. Also etwa 40. Vielleicht fünfzig. Insgesamt. Nein. Ab 9. Sagte ich doch. Also über 100 Essen. Insgesamt. Ja. Stimmt. So ungefähr. Dafür wurde viel getrunken. Wie viel. Weiß ich nicht. Noch. Nicht.

Um zwölf lehrte sich das Lokal. Sie durften auch nur bis zwölf öffnen. Geöffnet halten. Die vier trafen sich. Als nur noch ein Tisch belegt war. 4 Personen. Wie sie. Drei

Männer. Und eine Frau. Wie sie. Jetzt müssen wir noch die Schäden beseitigen. Meinte Thomas. Was für Schäden. Na. Die Gläser. Die Küche. Die Kasse. Alles. Sie hatten sich eine Stunde gesetzt. Vorgenommen. Da die Studenten noch da waren, ging es deutlich schneller. Um viertel vor eins. Um dreiviertel eins. Um ungenau zu sein. Waren sie weitgehend fertig. Und Lorenz. Auch. Hatte die Kasse. Gezählt. Unter dem Arm. Und. Was ist rausgekommen. Für heute. Von heute. Na. Dann ratet mal. Der andere Lorenz. Tausend fünfhundert. Essen. Nein Euros. Natürlich. Heike. Ja. So ungefähr. Vielleicht tausend sechshundert. Thomas. Und Du. Dann sag ich mal. Tausend achthundert. Machs nicht so spannend. Lorenz. Einnahmen. Ohne Abzug der Ausgaben. Und der anteiligen Kosten. Für Miete. Koch. Studenten. Und so. Ja. Klar. Das wissen wir. Also wieviel. Reine Einnahmen. Es sind. Sagte Lorenz. Genau. und stockte. Ich habs vergessen. Holte ein Stück Papier aus seiner Tasche. Der Hose. Vom Lorenz. Es sind. Zweitausendundsiebensechzig. Und ein paar Cent.

Na. Das hat sich doch gelohnt. Oder. Was sagt Deine Vorhersage. Thomas. Ich meine. Wir liegen damit ganz gut im Rennen. Laßt uns eine ganze Woche abwarten. Sechs Tage. Ohne unseren Ruhetag. Dann wissen wir mehr. Wie die Nachfrage. Der Zuspruch ist. Und morgen treffen wir uns vorher hier wieder. Aber nicht so früh wie heute. Muß nicht sein. Ja. Kannst Du das bei den Studenten sicherstellen. Anderer Lorenz. Sind ja noch alle da. Ja. Ich versuche es.

Thomas hatte den Schlüssel. Für die Räume. Für den Keller. Für alles. Wir brauchen einen zweiten. Der ebenfalls alle Schlüssel hat. Ich lasse noch einen Satz nachmachen. Wer nimmt die dann. Alle wollten. Nach Hause. Niemand. Wollte sie haben. Lorenz. Da Du für die Kasse und den Einkauf zuständig. Bist Du bereit die zweiten Schlüssel zu nehmen. Ja. Wenn es sein muß. Ich meine. Ja. Ist eine gute Idee. Ich muß ja wegen der Lieferanten. Flexibel sein.

Nach Hause. Thomas schloß ab. Wen soll ich nachhause bringen. Fragte Thomas. Lorenz. Andere Lorenz. Ne. Mußte nicht. Wir beide sind mit dem Fahrrad da. Ist ja nicht so weit. Und besser Fahrrad als Auto. Ein paar Bier haben wir alle getrunken. Na. Ich nicht. Sagte Thomas. Heike. Willst Du mitfahren. Ja. Gerne. Sie gingen zu dem Auto. Von Thomas. Das er weiter weg geparkt hatte. Um die besten Plätze. Parkplätze für die Gäste zu lassen. Stiegen ein. Magst Du noch mit zu mir kommen. Heike. Zögerte. Ich glaube heute nicht. Ich muß einfach nur schlafen. Kannste auch bei mir. Ja. Aber bei Dir will ich nicht. Schlafen. Will ich nicht. Will anderes machen. Mit Dir. Machen. Dazu bin ich aber heute. Zu fertig. Total kaputt. Das Laufen. Das Stehen. Sind völlig ungewohnte Tätigkeiten. Für mich. Verstehe. Ist klar. Mir geht es ähnlich. In der Küche war es ähnlich. Auch wenn ich ja nur Aufseher bin. Theoretisch. Eigentlich. War es anders. Lief ganz gut. Aber da wird jede Hand. Gebraucht. Oder neu.

Dann fahre ich Dich zu Dir. Dann kannste direkt schlafen gehen. Ja. Das klingt gut. Sehr gut. Sie waren stumm. Weitgehend stumm. Hohl. Leer. Ausgesaugt. Bis morgen. Ja. Gute Nacht.

Sie schlug die Tür zu. Zum Heim. Zur Wohnung. Zum Zimmer. Das die Wohnung war. Setzte sich. Kurz auf einen Stuhl. Nur ganz kurz. Saß. Eine Stunde. Länger. Saß einfach. Stierte auf die Wand. Wollte ins Bett. Ging nicht. Sie ging nicht. Es ging nicht. Niemand. Nichts. Ging. Um halb vier ging es. Ging sie. Ins Bett. Wie betäubt. Und schlief. Sofort. Wie ein Stein. Anders als sonst. Ganz anders. War wie tot. War tot. War. Sie konnte sich nicht einmal an einen Traum erinnern. So abgestorben war sie.

Sollte es das sein. Für die nächste Zeit. Nachts zurückkommen. Völlig tot. Wie ein Stein. Ohne bei Thomas zu sein. Zu liegen. Zu lieben. Wofür das alles.

Sie wurde rechtzeitig wach. So. Daß sie noch auf Thomas warten konnte. Der sie abholen wollte. Hatten sie verabredet. Gestern. Abend. Nacht. Wirklich. Sie meinte. Ja. Aber genau erinnerte sie sich nicht mehr. So kaputt war sie.

Thomas klingelte. Es klingelte. Es war Thomas. Sie wußte es. War. Sie waren verabredet. Irgendwann. Aber jetzt. Jetzt. Sie packte ein paar Sachen. Ging. Verließ. Verließ die Wohnung. Das Zimmer. Den Raum. Schloß. Ab. Thomas. Wartete vor der Tür. Im Wagen. Wartete dort. Sah sie. Sie sah ihn. Wagen. Thomas. Ganz nah. Guter Parkplatz. Parkte. Aber nicht. Stand nur. Hallo.

Hallo. Thomas. Du bist schon so wach. Bei mir ist alles anders. War. Anders. Ich war völlig tot. Kaputt. Erledigt. Ende. Hätte gedacht. Daß ich nicht mehr aufstehen würde. Aber jetzt. Und heute. Dasselbe vom Anfang. Bis zum Ende. Das ist ja toll. Ja. So ist es. So wird es sein. Erstmal. Die nächsten Tage. Nächste Zeit. Bis sich alles eingespielt hat. Wir eingespielt sind. Dauert ein bißchen. Das Stehen. Das Laufen. Ist für mich ungewohnt. Wohl für uns alle. Das tötet. Uns. Ja.

Sie fuhren. Den Weg den sie kannten. Zum Lokal. Zum Restaurant. Zur Hölle. Auf Erden. Ist Geldverdienen. So schwer. Thomas. Ja. Körperlich. Oder auch geistig. Hier eher körperlich. Aber abschalten kann man auch hier nicht. Also beides. Im Grunde. Das strengt an. So an.

Sie kamen an. Die anderen. Waren noch nicht da. Nur Thomas. Und Heike. Die ersten. Sie schlossen auf. Öffneten. Die Türen und Fenster. Den Mief rauslassen. Auch wenn in den Räumen nicht geraucht wurde. Geraucht werden durfte. Mief. Schlechte Luft. War trotzdem darinnen. Drinnen. Stickige Luft. Nicht genug zum Atmen. Sie hatten gestern abend. Also heute früh. Noch gut aufgeräumt. Viel war nicht zu tun. Um die Spuren des Abends zu beseitigen. Aber es war genug zu tun. Für heute. Für den Abend. Heute abend. Es kamen die ersten. Die Angestellten. Wie das klang. Angestellte. Klang gut. Verantwortung. Es waren dieselben. Wie gestern. Das war gut. Kein neues Einlernen. Die wußten schon. Wie es geht. Ergeht. Nicht viele Worte. Wichtig. War gut. Lorenz kam jetzt auch. Mit Einkäufen. Hatte er schon organisiert. Für heute. Für den Abend.

Der Abend verlief ähnlich. Wie am Tag zuvor. Wie gestern. War es gestern. Wohl ja. Ja wohl.

Thomas. Bei Heike.

Nach einigen Tagen. Sie waren nicht unzufrieden. Wie man so sagt. Geschäftlich. Nicht unzufrieden. Es hatte ganz gut geklappt. Bislang. Bisher. Bis hierher. Einen Ruhetag hatten sie. Nicht am Montag. Erst am Mittwoch. Ungewöhnlich. War das schon. Der Mittwoch. Nicht ungewöhnlich. Als Tag. Die meisten Wochentage sind nicht ungewöhnlich. Sind ja auch nur sieben. Und kommen ziemlich regelmäßig immer wieder. Der Mittwoch auch. Aber als Ruhetag. Da war der Mittwoch schon eher ungewöhnlich.

Am Abend vorher. Dienst Abend. Mittwoch war es schon. Hatten sich alle verabschiedet. Für einen Ruhetag. Zum Schlafen. Tot sein. Dahinsiechen. Mehr nicht. Mehr wollte keiner. Jeder ging in sein Bett. Eigenes. Am Mittwoch Nachmittag kam Thomas. Zu Heike. War so. Verabredet. Heike. Öffnete. Ihm. Thomas. Ging zur Tür. Zum Drücker. Öffnete die Haustür. Thomas. Kam hoch. Er war noch nie hier gewesen. Heute. Zum ersten Mal. Schaute sich um. Er schien die Abende. Die Nächte. Im Restaurant gut wegzustecken. Dabei war er. Der Älteste. Mit Abstand. Großem. Der Älteste von Ihnen. Und war gut dabei. Schien es. War wach. Heike stand. Heikes Bett. Stand am Rand. Des Zimmers. Der Wohnung. Ah. Hier schläfst Du. Ja. Schlafe. Habe geschlafen. Schlief. Nie mit Dir. Hier. Magst Du einen Kaffee. Ja. Gerne. Kann ich. Nein. Geht schon.

Heike stellte zwei Tassen. Hin. Richtete sie. Hin. Ganz anders. Ganz andere. Als bei Thomas. Modern. Neu. Stil.

Richtung modern. Ganz modern. Schlicht. Schlank. Schön. Modern. Thomas sah es. Sah den Unterschied. Erschrak. Ein wenig. Er liebte. Seine eigenen Tassen. Und Untertassen. Und Schränke. Wie seine Frau. Geliebt hat. Aber modern. War etwas anderes. War hier. Sah er. Sofort. Das sind zwei Welten.

Heike. Erschrak. Spürte. Was in Thomas vorging. Thomas. Der sonst immer: Souverän. Selbstsicher. Thomas. Verunsichert. Kaum denkbar. Ja. War aber. Es. Aber. Sagte. Etwas. Ich merke. Den Unterschied. Deine. Tassen und so. Und meine. Wie unterschiedlich. Ich mag deine. Mehr. Als Du. Meine. Meine ich. Nein. Ich mag Deine. Auch sehr. Am Anfang. Das sind erst ein paar Tage. Da war ich. Überrascht. Schockiert. Kannte. Das nicht. Gar nicht. Nie gesehen. Nie begriffen. Aber es ist. Dein Stil. Euer Stil. Du. Und Deine Frau. Verstorbene. Frau. Euer Stil. Das paßt. Zu allem. Untereinander. Zu Euch. Ihr habt bestimmt gut zueinander gepaßt. Genau. Ja. So ähnlich. War es. Ist selten. Glaub ich. Und Du. Bist gleichzeitig. So modern. Viel moderner. Als wir alle. Wir Jungen. Das merkt man. An Deinen Ideen. Spürt es. Sofort. Deshalb war ich. So. schockiert. Getroffen. Überwältigt. Überrascht. War in einem. Museum. Bewohnten.

Laß uns zur Sitzgruppe. Ist ein schöner Ausdruck. Von Loriot. Gehen wir zur Sitzgruppe. Gibt es hier nicht. In diesem Raum. Einraum. Nur zwei Stühle. Ein Schreibtisch. Stuhl. Ein Stuhl. Küchentisch. Ein Bett. Normale Breite. Schmale. Sozusagen. Und ein Teppich. Über dem Boden. Ein Boden. Unter den Teppich gekehrt. Thomas.

Nahm einen Stuhl. Saß. Am Schreibtisch. Stuhl. Hielt seine Tasse. In der Rechten. Trank. Schlürfte. Den Kaffee. In sich. Hinein. Trank. Heike saß. Auf dem Stuhl. Dem anderen. Dem Sitz. Des anderen. Stuhls. Stand. Auf. Ging. Zu Thomas. Der saß. Legte. Die Hand. Auf den Unterarm. Seinen Arm. Linken. Der nicht befaßt war. Von einer. Mit einer Tasse. Nichts zu tun. Hatte. Langweilig war. Hing. Lag. Müde. Ohne Beschäftigung. Thomas hatte ein Hemd. Es an. Er hatte. Sie hatte nie gesehen. Thomas im Hemd. Ja. Nein. War ihr nie aufgefallen. Wie kann es sein. Nie aufgefallen. Sie waren zusammen. Angezogen. Sich angezogen. Ausgezogen. Nackt. Miteinander. Nur sie. Allein. Zusammen. Ohne. Er hatte. Wenn er ein Hemd. Muß es ausgezogen haben. Müssen. Hat er. Hat er nicht. Sie wußte es nicht. Hatte sie. Ihm geholfen. Ausgezogen. Knöpfe auf gemacht. Aufgerissen. In ihrer Begierde. Einfach aufgerissen. Weg. Gerissen. Und sie. Wußte nicht. Daß Thomas. Ein Hemd. Ein Hemd an. Hat. Hatte. Anhatte. Bis sie. Ihm das Hemd. Wegnahm. Ihn aus dem Hemd. Herausknöpfte. Herausstahl. Herausriß. In Begierde. Von Sinnen. Weg von Sinnen. Der Welt. Stahl. Wollte nur. Wollte seine Haut. Die eigene. Unter dem Hemd. Haare. Sehen. Riechen. Schmecken. Fühlen. Das Hemd. Mußte weg. Mußte es. Das Hemd mußte ein Einsehen haben. Es gab doch gute Gründe. Daß es wegmußte. Sehr gute. Auch es. Ging nicht. Anders. Hatte sie. Seine Haut. Unter dem Hemd. Gesehen. Sie wußte. Es nicht. Mehr. Nicht mehr. Muß so gewesen sein. Sie konnte sich nicht erinnern. Aber er lag doch. Auf ihr. Nackt. Er. Sie. Beide. Sie mußte seine Haut. Gespürt haben. Auf ihrer. Auf ihrer

Brust. Die Warzen. Auf der Haut. Auf ihrer Haut. Auf seiner. Ihre Brust hat sich gerieben an ihm. An seiner. Haut. Brust. Warzen. Überall Warzen. Aufeinander. Auf und ab. Sie war. Von Sinnen. Die ganze Zeit. War sie von Sinnen. Wie ausgeschaltet. Erinnerte sich. An die schwitzenden Leiber. Aufeinander. Wie sie. Vor Schmerz. Getötet wurde. Vor Schmerz. Wahnsinnig wurde. Vor Schmerz. Des Glücks. Unter seinen. Bewegungen. Auf ihr. Unter. Ihm. Er schob. Rieb. Sie. Schmerz. Tief in ihr. So tief. Ging nicht. War in ihr. Im Kopf. Im Schädel. So tief. Der Schmerz. Wäre schon längst. Wieder aus ihr raus. War aber. Nicht. Raus. War in ihr. Mit jeder Bewegung. Seiner Bewegung. Schmerz. Tief. Tiefer. Drinnen. In ihr. Drinnen. Wahnsinnig. Warum. War sie nicht. Wahnsinnig geworden. Bei diesem Schmerz. Den sie. Herbeisehnte. Jetzt wieder.

Thomas erwiderte. Die Hand. Nicht. Blieb. Ruhig. Schien es. Jedenfalls. Ich bin auch ziemlich kaputt. Merkt man. Vielleicht nicht so sehr. Ist aber so. Hab ich lange nicht mehr erlebt. Laß uns doch einfach. Raus aus der Stadt fahren. Wir fahren nach Grünstein. Ist ein schöner. Kleiner Ort. Das Wetter ist gut. Genug. Wir können. Wenn wir wollen. Spazieren gehen. Und vielleicht dann. Auch noch draußen sitzen. Nur Kännchen. Ja. Auch in Grünstein. Denke ich. Habe ich nie. Darauf geachtet. Mal schauen. – Wäre das was. Für Dich. Für uns. Ja. Gerne. Dann ziehe ich aber noch was anderes an. Vorher. Wird ja ländlich. Irgendwie. Heike. Ging. Wollte. Sich umziehen. Ging. Nicht. Thomas. War da. Natürlich. War Thomas da.

Warum. Sollte sie sich nicht ausziehen. Also umziehen. Vor ihm. Sie hatten. Vor ewigen Zeiten. Drei Tagen. Oder so. Miteinander. Geschlafen. Liebe. Gemacht. Nicht kurz. Den ganzen Abend. Und Nachmittag. Und die Nacht. Und wieder. Und wieder. Sich ineinander verklammert. Die Haut. Des anderen. Geschmeckt. Gestreichelt. Beleckt. Und jetzt. Scheute sie sich. Sich vor ihm. Thomas auszuziehen. Das kann nicht sein. Nicht wahr. Sein. Sie ging. Zum Schrank. Öffnete. Ihn. Die Hose. Den Gürtel. Holte eine andere Hose. Und Oberteil. Aus dem Schrank. Der dieses ganz ruhig mit sich machen ließ. Als wäre er unbeteiligt. Der Schrank. Zog die Hose aus. Die sie anhatte. Die Hose. Die andere an. Das Oberteil. Aus. Und an. Thomas war. Unbemerkt. Die zwei Meter. Zu ihr. Herübergekommen. Stand. Jetzt hinter ihr. Sog. Ihren Geruch. Ein. Ums andere. Mal. Den Geruch. Den er in einer Nacht. So oft gesogen. Und nie. Wieder vergessen hatte. Wollte. Sog ihn. Jetzt wieder. In sich hinein. Er legte. Seinen Arm um ihre Hüfte. Spürte. Frau. Geschwungene. Form. Liebte. Diese Form. Diesen Schwung. War so wunderbar. War Wärme. Form als Wärme. Griff jetzt. Mit beiden Händen. Links. Und rechts. Griff. Betastete. Ihre Hüfte. Heike. Stand. Wie erstarrt. Vor Angst. War es nicht. Vor Überraschung. Und Erregung. Das hatte sie noch nie erlebt. So schnell. War sie in Erregung gekommen. Obwohl Thomas. Nur sie. Von hinten. Anfaßte. In die Hüften griff. Sie spürte. Wie er ihren Geruch einsog. Thomas schien. An ihren Hüften. Wie fest. Gebissen. Festgesogen. Das war ihr schon aufgefallen. Bei den letzten Malen. Als sie. Sich ineinander verkeilten. Thomas liebte. Ihre Hüften. Die Rundung. Die weniger rund. Hätte sein können. So meinte es Heike. Wie viele Frauen. Von sich. Über sich. Er liebte es. Das war offensichtlich. Er liebte. Koste. Ihre Hüfte. Wenn sie offen da lag. Nicht wie jetzt. Da war die Hüfte verhüllt. Umhüllt. Hatte Stoffbahnen über sich gezogen. Da konnte er nicht so. Wie er wollte. Lieb und kos. Wollte. Aber. Hätte. Gerne. Die feinsten Härchen. Auf ihrem Bauch. Und Rücken. Auf dem Weg. Zur Hüfte. Gestreichelt. Geblasen. Gebürstet. Hin zur Hüfte. Hätte mit seiner Zunge. Die Härchen. Und ihre Haut. Gebürstet. Berührt. Benetzt. Ging. Jetzt. Nicht. Er küsste. Ihren Nacken. Ihr rechtes. Ohr. Das ging. Jetzt. Stieß dabei. Gegen ihr Haar. Nicht nur eines. Mehrere. Viele. Haare. Sie stand. So da. Noch nicht ganz. Wieder angezogen. Aber auch nicht mehr. Vor allem. Nicht weniger. Stand da. Im Raum. Vor dem Schrank. Mit dem Gesicht. Zum Schrank. Thomas auch. Von hinten. Sah er zum Schrank. Erregt. Von dem Schwung. Nicht des Schranks. Der Hüfte. Die er nicht sah. Aber ahnte. Wußte. Kannte. Von ihrem Ohrläppchen. Ihrem Nacken. Mit feinen Härchen. Ihre Haut war noch leicht gebräunt. Von der Sonne. Ihre Härchen erschienen blond. Obwohl ihre Haare nicht blond. Waren eher mittel. Dunkel. Oder so. Ihre Haut. War jung geblieben. Nein. War. Jung. Ein junges. Ding. War sie. Für Thomas. Dessen Haut. Schon gealtert. Alt war. Obwohl Thomas doch so jung war. In vielerlei Hinsicht. Geistig jung. Geblieben. Sie drehte sich um. Zu Thomas. Schaute ihn an. Auf seine Brust. Auf seinen Hals. In sein Gesicht. Ihre linke Hand. Legte Hand. An ihn. Streichelte sein Gesicht. Thomas erstarrte. War wie erstarrt. Konnte sich nicht bewegen. Weggehen. Weglaufen. Mußte. Da. Stehen. So stehen. Vor Heike. Wurde von ihr. Gestreichelt. Jeder Millimeter. War Terraingewinn. Für Heike. War ein kleiner Tod. Für Thomas. Je langsamer. Desto grausamer. War sie. Mit ihm. War sie. Für ihn. Er konnte. Nicht mehr. Es nicht mehr. Ertragen. Er trug Wunden. Davon. Von dem Streicheln. Über Stacheldraht. Und Zäune hinweg. Streichelte sie. Bürstete ihn. Gegen den Strich. Im Gesicht. Schon hier. Ein Tod. Einen muß man sterben. Einen. Tod. Für diese Schmerzen. Wollte er ihn. Sterben. Hier mit ihr. Heike. Heike zog. Ihre Hand. In die Unendlichkeit. Weg. Thomas. Laß uns. Laß. Uns zum Bett. Laß uns auf das Bett. Legen. Liegen dort. Wir dort. Sie zog Thomas. Mit sich. Zum Bett. Sie standen nun. Davor. Wie jetzt. In die Horizontale. Sie hatte es bis hier. Geschafft. Und jetzt kam die größte logistische Herausforderung. Mit ihm. In die Horizontale. Das war nicht das erste Mal. In der Geschichte der Menschheit. Schon bei ihm. Hatten sie es. Geschafft. Aber wie. Wie. Macht man das. Es war Wissen. Verschüttetes Wissen. Das ihr fehlte. Nicht hatte. Sie es. Nur bei Thomas. Als sie dort waren. Vor vielen Jahren. Drei Tagen. Irgendwie. Hatten sie es geschafft. Und viele andere. Menschen wohl auch. Nur sie. Jetzt hier. Scheiterte. Mußte. Scheitern. Wußte. Thomas. Wie geht das. Fragte sie. Sich. Und ihn. In Gedanken. Konnte nicht sagen. Nicht aussprechen. Die Gedanken. Ging nicht. Weiß nicht. Warum. Hätte alles. Verdorben. Die Gedanken. Die Haare. Das Streicheln. Den Fluß. Schuhe. Straßenschuhe. Thomas. Hatte sogar. Richtige. Schuhe an. Gebunden. An die Fersen. Heftetet. Fest. Genagelt. Nie würde er. Daraus kommen. Es schaffen. Daraus heraus. Zu kommen. Nie. Nie in dieser Welt. In dieser Zeit. Dimension. Alles vorbei. Wäre.

Thomas drehte sich. Zum Bett. Heike. Verstand. Nicht. Wie er sich. In einer Bewegung. Zum Bett. Gewandt. Gedreht. Hat. Mit ihr. Sie. Mitgenommen. Hat. So sanft. So selbst. Verständlich. Verstand. Nicht. Wie. Kein Fall. Fallen. Stoß. Auf. Sie. Lagen jetzt. Neben. Einander. Zugewandt. Wie sie. Vorher. Gestanden hatten. Genau so. So. Sie hatte. Einen Zeit. Sprung erlebt. War dabei. Mußte. Dabei gewesen sein. Wußte nicht. Wie. Ihr geschah. Wie es. Geschehen war. Wußte nicht. Nichts. Gar nicht. Wußte nur. Sie lag. Neben ihm. Thomas. Lag neben. Ihr. Schauten sich an. Thomas wandte. Seine Augen. Von ihrem Gesicht. Wandte sich. Schaute weiter. Nach unten. Nach links. Unten war jetzt links. Sie lag. Horizontal. Nicht senkrecht. Er. Thomas. Schaute. Nach links. Über ihren Hals. An ihm vorbei. Nach links. Strebten seine Augen. Nach links. Zu ihrem Oberteile. Teil ober. Hob sich ab. Wurde abgehoben. Durch ihre atmende Brust. Hob das Ober. Teil hoch. Und fiel wieder. Herunter. Herunter ist. Nicht unten. Sondern hinten. Hob nach vorne. Senkte nach hinten. Alles anders. Mit Heike. Heute hier. Auf ihrem Bett. Heikes Bett. Oben ist. Nicht unten. Nicht oben. Nicht hinten. Oder vorne. Sondern rechts. Alles. Um 90 Grad. Verschoben. Macht es nicht einfacher. Zu denken. Zu sehen. Thomas verstand. Die Begierde. Kennt kein oben. Noch unten. Oder links. Kennt nur Bewegung. Ihrer Brust. Ihres Busens. Ihrer

Brustwarzen. Göttliche Rebe. Traube. Mit der Nase. Griff Thomas. Nach der Traube. Umkreiste sie. Bevor er zustieß. Ihre Warzen. Waren hart. Wurden es. Durch seine zarte Bewegung. Um sie herum. Umkreiste sie. Heike. Spürte es. Wie sie. Und sie. Erregt war. Und waren. Wurden. Wollte auch Thomas Brust. Spüren. Hemdlos. Sehen. Fassen. Sie schaffte es. Noch. Sein Hemd. Die Knöpfe. Sich vorzuknöpfen. Auf. Zu machen. Doch da begegnete ihr. Ein weiteres Hindernis. Ein Hemd. Unter dem Hemd. Ein Unterhemd. Wollen wir sagen. Sie riß es. Aus der Verankerung. Seiner Hose. Aus seiner Hose. Heraus. Kam langsam. Den Widerstand aufgebend. Heraus. Hoch kam es. Nicht hoch. Nach links. Wo gerade. Noch oben war. Gewesen war. Alles anders. Auch bei ihm. 90 Grad. Haare. Auf seiner Haut. Unter dem. Unter dem Hemd. Unter dem Unter. Hemd. Dunkle Haare. Sie kannte es. Sah es. Jetzt. Zum ersten Mal. Wie beim. Ersten Mal. Sah die Haarschnur. Nach unten. Also. Nach rechts. Vom Nabel. Weg. Nach rechts. Zur Hose. Seiner. Hose. Sein Bauch. War schlank. Nicht aufgeblasen. Wie sonst häufig. Bei alten. Männern. Aber auch. Frauen. Nein. War nicht. So. Nicht. War schlank. Leicht gebogen. Nach vorn. Zu ihr. Haare. Auch oberhalb. Also links. Des Nabels. Schob. Mit seiner Hilfe. Das Hemd. Unter. Hemd. Weiter nach links. Also oben. Was nicht oben war. Über die Arme und Kopf. Mit seiner Hilfe. War er. Jetzt nackt. Oben. Also links. Nackt. Sie streifte mit ihrem Gesicht. Über seinen Oberkörper. Linkskörper. Jetzt genau. So nah. Daß die Haare. Es spürten. Sich krümmten. Vor Spannung. Und Lust. Und spürten. Daß nur sie. Aber nicht die Haut.

Etwas. Von Heike. Abbekamen. Die Haut spürte. Daß die Haare etwas verändert. Etwas eingebildet waren. Spürbar. Verändert. Spürte. Die Haut. Merkte sie. Sich. Fürs nächste Mal. Auch unter der Haut. Thomas. Merkte es. Auch. Daß Heike. Die Haare. Aber nicht. Die Haut. Nicht Thomas. Berührte. Die Zunge. Von Heike. Setzte manchmal auf. Unter den Haaren. Auf die. Haut. Spürte es sofort. Kollidierte. Dann mit der Haut. Mit Thomas. Der tief. Atmete dann. Es war wieder. Wie im Gesicht. Oben. Da war es noch. Oben. War oben. Jetzt. Wäre es links. So war es. Jetzt auch wieder. Spürte Heikes. Vorrücken. Der Nase. Der Lippen. Und ab und zu. Ihrer Zunge. Zwischen Haaren. Stieß sie hindurch. Wo es ihr gefiel. Wenn. War wählerisch. Nicht überall. Gefiel es. Stieß auf die Brust. Die vorstand. Nicht so wie bei ihr. Natürlich. Aber stand vor. Hob sich heraus. Nach oben nicht. Nach vorne. Wie bei ihr. Aus Thomas Sicht. Zunge gegen Brust. Stand es dort. Sie roch. An seiner Brust. Nichts Besonderes. Anderes. Als sonst. Nichts. Führte die Zunge. Um seine Warze. Beide. Warzen. Hart. Wurden sie. Sehr schnell. Nicht groß. War ein Mann. Keine Frau. Aber deutlich. Hoben sich ab. Schoben sich noch. Weiter zu ihr. Zu Heike. Zu ihrer Brust. Entgegen. Thomas entgegnete. Jetzt. Er zog. An ihrem. Oberteil. Das ein rechtes war. Jetzt. Ging gut. War ja nur. Das Ober. Das vordere Teil. Das Oberteil. Also das Teil vorne. Über dem. Was Heike darunter. Also dahinter trug. Wußte er nicht. Was. Sah es. Als er das Oberteil. Das vorne. Nach rechts schob. Mit ihrer Hilfe. Sah es. Nur ein Unterhemd. Also ein hinteres Hemd. Darunter. Dahinter. Zog auch hier. Schob. Wollte schieben. Nach oben. Nach rechts. Gelang. Ihre Haut. Heike. Wurde sichtbar. Woran er schon vorhin. Die letzten Tage. Immer gedacht. Hat. Sich vorgestellt. Dieses zu sehen. Die Hüfte. Die Taille. Zu sehen. Nachzufahren. Mit den Augen. Und der Zunge. Die Härchen umzubiegen. Zu fällen. Rücksichtslos. Zur Seite. So warm. War es. Wirklich. Nicht nur. Wie er es sich vorstellte. Wirklich. So weich. So los von Haaren. Außer Härchen. Das war etwas. Anderes. Ganz anderes. Haar und Härchen. Nichts. Nicht miteinander verwandt. Keine Ähnlichkeit. Gar nicht. Er wanderte. Zwischen Hüfte. Und Nabel. Umkreiste. Den Nabel. Stieß in ihn vor. Eroberte. Terrain. Gebietsgewinn. Für ihn. Jetzt. Endlos. Glitt ab und zu. Nach unten. Nach links. Ab. In Richtung. Ihrer Scham. Sah und saugte. Die Spur der Härchen. Zu Ihrer Scham. Ganz leicht. Zu sehen. Und sacht. Mit klarem Ziel. Das er sich verbot. Jetzt. Wußte. Wußte nicht. Wie es dort aussieht. Bei Licht besehen. Spürte. Daß Heike. Nicht wußte. Was er jetzt machte. Kreiste wieder. Mit seinen Gedanken. Und Zungen. Um ihren Nabel. Nicht tief. Ging nicht. Heike hatte eine leichte Wölbung des Bauches. Um den Nabel. Keine große. Leicht. Sacht. Wunder. Bar. Thomas saugte. Jede Zelle. Von Heike. Von Heikes Gebiet. Um den Nabel. In sich hinein. Dachte dabei. An den Nabel. Nicht. An anderes. An Tieferes. Linkeres. Oder doch.

Es war 9. Als Sie aufwachten. 21 Uhr. Es war dunkel. Schon wieder. Kaum waren sie morgens. Aufgestanden. Dunkel war es. Schon wieder. 9. Sie müßten längst. Bei der Arbeit sein. Verschlafen. Am Abend. Wie kann das sein. Nein. Heute war ja Ruhetag. Ruhenacht gewissermaßen. Zuerst war wohl Thomas erwacht. Er wußte nicht. Wo er war. Zunächst. Dann aber. Erkannte er. Es. Heike. Alles. Erinnerte sich. An das. Sah durch das Licht. Von der Straße. Hindurch. Das Licht im Zimmer. Von der Straße. Sah Heike. Spürte ihre Wärme. Neben ihm liegen. Sie schien nackt. Wie sie war. So wie sie. War wie sie. Als sie sich. Liebten. Ineinander verhakten. Als sie sich. In einander. Gehen ließen. Sie hatten sich. Gegenseitig ausgezogen. Ganz. Es war. Wunderbar war Heike. Jung. Frisch. Glatt. Weich. Sanft. Am Körper. Keine Falten. Keine schlaffe Haut. Er wollte ihre Jugend. Aufsaugen. In sich hinein. Tief. Sie lag da. Vor ihm. Neben ihm. Schlief noch. Voller Vertrauen. Ihm gegenüber. Lag sie. Schlummerte sie. Ein schöner Ausdruck. Für diesen Zustand fehlender Wachheit. Er war alt. Der Ausdruck. Und er. Noch ganz gut dabei. Für sein Alter. Aber alt. Falten. Bauch. Speck. Bei ihr fühlte er sich jung. Wieder. Seit dem Tod seiner Frau hatte er mit keiner Frau mehr geschlafen. Es wäre ihm auch nicht in den Sinn gekommen. Daß er jemals wieder mit einer Frau. In einander verhakt. Sich gegenseitig begatten würde. So geschah es. Aber Heike war. Ein Jungbrunnen. Für ihn. Wie man so. Sagt man. Er war für Heike. Ja. Was. Er wußte es nicht. Heike hätte doch jüngere Männer haben können. Kommilitonen. Den Lorenz. Was fand sie an ihm. Thomas. Nicht Lorenz.

Er schaute sich um. Im Zimmer. Heikes. Wohnung. Einraum. Er stand ganz vorsichtig auf. Wollte Heike nicht wecken. Sie schlief. So tief. So fest. Er mußte. Müssen. Er hatte Mühe. Die Toilette zu finden. War ja das erste Mal. Hier. Fand es aber. Sie.

Als er zurückkam, schaute er sich um. Es gab einen Schrank. Mit Oberteilen. Und es gab ein Regal. Mit Büchern. Nicht sehr vielen. Aber Bücher. Über. Er konnte es nicht lesen. Mußte sich erst dran gewöhnen. Studienbücher. Fürs Studium. Schien es. Aber auch ein paar andere. Alte Schulbücher. Ja. Solche auch. Einige. Und Romane. So schien es. Irgendwas Englisches. Oder amerikanisch. Und CDs. Wenige.

Auf einen der Stühle. Setzte er sich. War kalt. Der Stuhl. Chrom auf nackter Haut. Haut auf Haut. Haut des Stuhls. Haut nicht hin. Er stand auf. Stieß dabei gegen den Tisch. Heike. Wachte auf. Dachte. Sie sei allein. Spürte aber. Daß da jemand neben ihr lag. Gelegen hatte. Sie konnte ihn noch fühlen. Seine Haut. Seine Muskeln. Haare. Wärme. Meinte es. Sog es in sich auf. Ihn. Obwohl er stand. Am Regal. Und schaute. Auf sie. Nach unten. Nicht nach links. Keine 90 Grad. Jetzt.

Ich habe Hunger. Sagte er. Hunger auf Dich. Wieder. Aber vorher. Wirklich Hunger. Ich auch. Thomas. Sie fuhren zu einer Kneipe. Zu ihrer Kneipe. Heikes. In der sie arbeitete. Gearbeitet hatte. Sie wußte. Sie war noch geöffnet. Jetzt konnte man dort noch etwas essen. Das war wichtig. Es war wenig los. Wenige Gäste. Aber ihnen war es recht. Der Thekenmann begrüßte Heike. Das ist Thomas. Guten Abend. Hallo. Können wir noch essen. Klar. Kein Problem. Geht noch. Aber müßt Euch beeilen. Sonst macht Max in der Küche zu. Klar.

Thomas bestellte klassisch. Schniposa. Heike nicht. Wollte etwas anderes. Wußte aber nicht. Was. Entschied sich dann für Schniposa. Aber ohne Schnitzel. Dafür mehr Salat. Du mußt was Richtiges essen. Ohne Schni ist Posa blöd. Heike bestellte noch um. Ging noch. Die waren so. Waren nicht so. Sie kannte Max. Max kannte sie. Thomas trank. Wie immer. Einen Apfelsaft. Oder Schorle. Heike trank ein Bier. Wie üblich. Nur umgekehrt. Sie waren etwas befangen. Warum. Vor kurzem noch. Lagen sie. Zusammen im Bett. Nachdem sie sich. Kurz vorher. Wie wild. Gegenseitig abgeleckt. Geküsst. Haben. Wie wild. Aufeinander. Waren. Jetzt. War diese Wildheit. Unbefangenheit. Ungefangenheit. Wie weggeflogen. Wohin. Schni kam mit Posa. Für beide. Gleichzeitig. Das war gut. Der Magen wurde gefüllt. Freute sich. Für sich. Für Heike. Und für Thomas.

Sie fuhren zurück. Zu Thomas. Jetzt zu ihm. Um die Nacht. Bei ihm. Zu sein. Sie mußten erst morgen wieder arbeiten. Da war noch Zeit. Viel Zeit. Eine ganze Nacht. Und ein Vormittag. Und Mittag. Thomas stellte den Plattenspieler an. Auf laut. Ziemlich laut. Und holte eine Flasche. Wein wie immer. Meistens. Wenn er nicht mehr fuhr. Trank er Wein. Gerne. Zu Hause nutzte er es aus. Daß er nicht mehr fahren mußte. Rot. Heike mochte es. Bisher jedenfalls. Für mich. Nur ein halbes. Heike sah. Die Wohnung. Die Schränke. Das Porzellan. In den Schränken. Die Bilder. Jetzt neu. Erneut. Mit neuen Augen. Nachdem sie sah. Wie Thomas ihre Wohnung. Ihre Tassen. Betrachtete. Wie er sich plötzlich altmodisch fühlte. Nur weil er ihre Tassen sah. Anfaßte. Kanne.

Untertasse. Hinten. Nein. Unten. Ertappt fühlte. Ja. Sagte Thomas. Wie fühlst Du Dich. Hier wieder im Museum. Heike. Schaute Thomas an. Wußte nicht. Was zu sagen. Wie. Zu sagen. Es hat sich. Nichts geändert. Hat nicht. Für Dich. Nein. Heike ging. Durch die Räume. Sah nun. Neu. Anders. Nicht wie vor einigen Tagen. Anders. Durchdringender. Es ist so. Wie ich heute sagte. Mir gefällt Deine. Eure Wohnung. Anders. Als bei mir. Aber sie gefällt. Es paßt. Alles paßt bei Dir. Euch. Vermutlich. Ich kannte sie ja nicht. Deine Frau nicht. Aber Dich. Oder.

Heike setzte sich auf das Sofa. Lehnte sich. Zurück in die Kissen. Hielt das Weinglas. In der rechten. Hand. Sie stießen. Die Gläser aneinander. Berührten sich. Ganz leise. Sachte. Es klang.

Sie gingen. Bald schlafen. Wirklich. Schlafen. Nebeneinander. Mehr nicht. Nicht mehr. Wie Bruder. Und Schwester. Lagen sie nebeneinander. Sie wußten. Daß morgen kein Ruhetag. Wieder viel los. Lorenz war schon da. Der andere kam bald.

Der Schmerz wurde geringer. Von Tag. Zu Tag. Zu Nacht. Gewohnheit. Zu Gewohnheit. Aber war noch da. Der Schmerz. Der Füße. Des Rückens. Aller Teile. Des Körpers. Nach einer Woche. Wagten sie die Abrechnung. Der sechs Tage. Die geöffnet waren. Sie waren ganz zufrieden. War auch Thomas. Insgesamt. Wie man so sagt. Insgesamt ist anders. Als wirklich.

Und.

Lorenz rannte noch vor dem Auto über die Straße. Wechselte die Seite. Der andere nicht. Zögerte. Wartete. Dann erst kam auch er. Hinter Lorenz. Hinterher. Heike. Sah sie zuerst. Noch von weitem. Immer näher. Kamen sie. Lorenz. Und der andere. Immer näher. Heike nicht. Trotzdem. Immer näher. Thomas kam aus dem Haus. Tür. Sah sie. Heike. Und Lorenz. Und den anderen. Was macht Ihr denn hier. Hallo. Ja. Wir gehen zu einer Kneipe. Wollen dort essen. Komisch nicht. Haben eine Kneipe. Und wollen in eine. Andere. Aber am Wochenende muß man auch sehen. Wie man satt wird. Stimmt. Ist ein Problem. Kann eines sein. Nachher müssen wir ja wieder ran. Aber bis dahin. Und Ihr wohnt jetzt hier. Ja. Nein. Thomas ja. Ich wohne doch weiterhin im Wohnheim. Wißt Ihr. Aber ich bin häufig bei Thomas. Hier. Wo wir stehen. Thomas. Ja. Wenn wir uns schon hier treffen. Wollt Ihr nicht reinkommen. Zu mir. Ich meine. Zu uns. Lorenz wollte nicht. Gar. Nicht. Sagte. Ja. Gerne. Der andere. War egal. Wollte nicht. Aber egal.

Thomas schloß wieder die Tür. Auf. Die anderen. Hinterher. Das ist mein. Unser. Reich. Sozusagen. Sie gingen durch den Flur. In Richtung Wahnzimmer. Sofa. Schränke. Heike. Erschrak. Dachte plötzlich. Wie sie. Das erste Mal. Das erste Mal im Zimmer. Bei Licht. Die Dinge sah. Besah. Ihren Schock. Kleinen Schock. Was würde Lorenz. Licht war. Ja. Hier wohne ich. Lorenz schaute interessiert. Obwohl er nicht wollte. Herum. Er sprach nichts. Sagte nichts. Der andere auch. Nicht. Ja. Ihr seid sprachlos. Die

Sprache los. Geht allen so. Allen normalen. Menschen. Die hierher kommen. Zum ersten Mal. Stumm. Waren sie. Blieben. Nehmt doch Platz. Ich hole etwas zu trinken. Das mindert den Schock.

Thomas kam zurück. Mit einer Flasche. Und Gläsern. Die anderen. Waren stumm. Immer noch. Heike auch. Sagte nichts. Sagt ruhig wie Ihr hier alles findet. Lorenz fand die Sprache als erster wieder. Der Schock bei ihm saß tief. Thomas war erleichtert. Trotzdem. Daß jemand was sagte. Du. Thomas. Ausgerechnet Du. Modernist. Antreiber. Zum Abstrakten. Schnörkellosen. Schlichten. Du.

Ja. Ich. Ihr findet das paßt nicht. Stimmts. Ich finde das paßt. Sehr gut sogar. Nur wenn man die Tradition kennt. Die Geschichte. Das was war. Dann kann man auch Neues finden. Erfinden. Mit Rückgriff auf das Alte. Aber was Neues.

Ach. Jetzt verstehe ich. Warum Du die alten Ideen für die Kneipe gebracht hast. 50er oder 60er Jahre. Landgasthof. Und so. Das ist wirklich Deine Welt. Das Moderne ist nur Beifang. Zugabe. Tarnung. Mehr nicht. Ich hab keine Lust mehr drauf.

Aber wir haben alles gemeinsam entschieden. Ich glaube nicht. Daß ich das alles vorgegeben habe. Hättet Ihr nicht zugelassen. Wär gescheitert.

Stimmt. Sagte der andere Lorenz. Wir können doch nicht streiten. Weil einer wohnt wie die anderen es nicht wollen. Es nicht würden. Wollen würden. Einige der anderen. Heike findet es ja wohl gut. Thomas. Nein. Glaube ich nicht. Aber sie hat ihren ersten Schock überwunden. Macht Ihr auch. Hoffentlich. Hoffe ich.

Wir müssen wieder. Lorenz. Und ich. Sonst wird es zu knapp. Ja. Lorenz. Vielen Dank. Für die Gastfreundschaft. Ja klar. Aber warum so förmlich.

Irgendetwas hatte sich geändert. Es war klar. Was. Es war die Begegnung. Die Wohnung. Die Möbel. Das Porzellan. Es kann Stimmungen. Es kann Beziehungen verändern. Man denkt es nicht. Aber so ist es. Der Altersunterschied war bisher immer klar. Aber kein Problem. Jetzt war es anders. Jetzt war er es. Thomas schien Lorenz aus einer anderen Welt. Lorenz nahm es Thomas übel. Daß er so war. Wie er war. Lorenz hätte es nicht sagen können. Aber es bestimmte sein Verhalten. Thomas gegenüber. Auch den anderen. Dabei war eigentlich nichts geschehen. Nichts passiert. Lorenz mied Thomas. Mehr als bisher. Wegen Heike. Und jetzt auch wegen. Thomas. Wegen Thomas. Wegen seiner Möbel. Und so. Wegen seines Lebens. Stils. Lebensauffasung. Weltanschauung. Lorenz hatte einen doppelten Gegner gefunden. Den er in Schach halten. Besiegen konnte. Könnte. Vielleicht.

Vielleicht war alles. Wegen Heike. Aber das wußte auch Lorenz nicht.

Es wurde immer heftiger. Thomas hielt es aus. Für Tage. Für Wochen. Für Heike. Mit Heike. Es geht nicht mehr. Das verdirbt alles. Meinte Thomas. Als sie für den Winter. Auf den Winter umstellten. Sie hatten sich entschieden. Mit Mühe. Was das Motto sei. Thomas hielt seine Ideen zurück. Wegen Lorenz. Und Heike. Der andere Lorenz macht einen Vorschlag. Fand dann schnell die Zustimmung. Aller. Um Ruhe zu haben. Sagte Thomas nichts. Mischte sich nicht ein. Aber jetzt. Ging es nicht mehr. Beim Aufräumen. Kassensturz. Sagte Thomas. Es geht nicht mehr. Wir müssen etwas tun. Ich bin bereit. Meinen Anteil aufzugeben. An Euch. Alle. Mit dem Darlehen müssen wir eine Lösung finden. Werden wir.

Das heißt. Ihr beiden geht. Thomas. Schaute überrascht. Nein. Ich. Heike. War überrascht. Wußte. Von nichts. Wie Thomas. Thomas war selbst überrascht. Von dem. Was er gerade hörte. Sagte. Wie damals. Als er Heike und Lorenz. Vorschlug. Zusammen.

Der Altersunterschied. Ist zu groß. Die Kultur. Die Kulturen. Die Lebensstile. Sind zu unterschiedlich. Zu anders. Stört. Bei der Arbeit. Bei allem. Hat Lorenz ja schon richtig gesagt. Festgestellt. Das verdirbt allen. Alles. Die Laune. Das ist schlecht. Geht nicht. Gar nicht. Wir müssen was tun. Wie gesagt.

Lorenz wußte nicht was zu sagen. Zu tun. War zu überrascht. Hatte nicht damit gerechnet. Wußte nicht was er wollte. Beabsichtigt hatte. Wollte Thomas ärgern. Unter Druck setzen. Aber wollte er daß die Sache platzt. Wußte es nicht. Ihm war unwohl. Sehr. Körperlich. Er spürte es.

Heike. Was meinst Du. Heike. Wußte nicht. Warum hatte Thomas nicht mit ihr gesprochen. Nicht. Keine Andeutungen. Wollte Thomas weg. Auch von ihr. Wenn Thomas gehen will. Soll er es tun. Wenn er will. Thomas.

Erschrak. War das Heike. Mit der er. Noch vor einigen Stunden. Zusammen. Lag im Bett. Verschlungen. Schwitzend. Innig. Verklammert. Er schaute zu ihr. Heike. Bewegte sich nicht. Keine Züge. Stand starr. Unbeweglich. Was sollte es. Bedeuten.

Dann schlage ich vor daß wir jetzt einen Schlußstrich machen. Ziehen. Ihr löst die Darlehen ab. Ich bekomme nichts. Abgemacht. Ja.

Erleichterung. War zu spüren. Nein. Nicht. Gar nicht. Befangenheit. Was taten sie. Was hatten sie gerade getan. Wollten sie. Was sie wollten. War alles nur Trug. Gebäude aus Karten. Das jetzt einfiel. Zu leicht. Zu leicht einfallen konnte. Für zu leicht. Befunden. Ohne große Spuren. Nach außen.

Soll ich noch jemanden mitnehmen. Zur Stadt. Nein. Na. Auch gut. Wenn ihr anderweitig.

Thomas ging. Alleine. Schaute noch einmal. Einige der Studenten. Waren noch da. Mit denen er. Bis gerade noch. Jetzt nicht mehr. Schluß. Vorbei. Ende. Aber man kannte sich auch nicht. Nicht wirklich.

Er spürte nichts. Keinen Schmerz. Mechanisch bewegte er sich. Zum Auto. Raus. Zum Parkplatz. Zu seinem. Setzte sich ins Auto. Konnte nicht. Starten. Anfahren.

Er saß im Auto. Längere Zeit. Eine Stunde. Oder zwei.

ISBN 978-3-7549-4622-0
9 783754 946220 00001
www.epubli.de